汤姆·斯威夫特和小行星上的海盗们

【英】维克多·阿普尔顿Ⅱ 文
燕锐锋 等图
刘庆双 等译

江西·南昌
江西科学技术出版社

图书在版编目（CIP）数据

汤姆·斯威夫特和小行星上的海盗们 / (英) 维克多·阿普尔顿Ⅱ文；燕锐锋等图；刘庆双等译. -- 南昌：江西科学技术出版社, 2018.3（2024.1重印）
（汤姆·斯威夫特丛书）
ISBN 978-7-5390-5874-0

Ⅰ. ①汤… Ⅱ. ①维… ②燕… ③刘… Ⅲ. ①儿童故事－英国－现代 Ⅳ. ①I561.85

中国版本图书馆CIP数据核字(2017)第046749号

国际互联网(Internet)地址：http://www.jxkjcbs.com
选题序号：KX2016068
责任编辑：饶春垚
特约编辑：熊　玮

汤姆·斯威夫特和小行星上的海盗们〔英〕维克多·阿普尔顿Ⅱ　文；
TANGMU SIWEIFUTE HE XIAOXINGXING SHANG DE HAIDAOMEN　燕锐锋　等图；刘庆双　等译

出版发行　江西科学技术出版社
社址　南昌市蓼洲街2号附1号
邮编：330009　电话：（0791）86623491　86639342（传真）
印刷　三河市嵩川印刷有限公司
经销　各地新华书店
开本　700mm × 1000mm　1/16
字数　114千字
印张　11
版次　2018年3月第1版　2024年1月第2次印刷
书号　ISBN 978-7-5390-5874-0
定价　39.00元

赣版权登字-03-2017-49

前言 QIANYAN

人总是离不开阅读，特别是在现代化信息时代，阅读无疑更是我们难求的一片宁静港湾，让我们有机会去感受、去体悟、去反思、去认证我们的这个世界和未来的世界。

科幻小说是一种起源于近代西方的文学体裁，在尊重科学结论的基础上进行合理设想后形成的文学作品，具备“逻辑自洽”“科学元素”“人文思考”三个要素。科幻小说与一般的传统小说不同，其特殊性在于它与科学技术的发展有着直接的联系，能让读者间接了解到科学原理。但它又是一种文艺创作，它扎根于社会现实，反映社会现实中的矛盾和问题，在科学技术发展的方向上，提供若干有参考价值的预见。有时，某些科学发明尚未出现，科幻小说里则已经进行生动的描绘，如潜水艇、机器人和宇宙航行等。

著名文学评论家布哈伊·哈桑曾说，科幻小说可能在哲学上是天真的，在道德上是简单的，在美学上是有些主观的，或粗糙的，但就它最好的方面而言，它似乎触及了人类集体梦想的神经中枢，解放出我们人类这具机器中深藏的某些幻想。

阅读科幻小说至少让我们有如下的感受：

一、文学的轻松愉悦

科幻小说的主题非常明显，它会涉及“未来”和“未知”、“科学”和“规律”、“生命”和“文明”、“生存”和“冒险”等等，每一本科幻小说都是一个全新的世界，每一次阅读都是一段全新、充满惊喜的精神旅程。

二、科学与严谨的想象

爱因斯坦说过，想象力比知识更重要，因为知识是有限的，而想象力概括着世界上的一切，推动着进步，并且是知识进化的源泉。通过阅读科幻小说，感悟其中的想象力，在人文、哲理的思索上，在思想道德意识的增强上所起到的作用是潜移默化的、是发散性的，其威力是不可估量的。

三、引发科学与理性的思考

科幻小说中的“科学方法”是一种有系统地寻求知识的程序，涉及“问题的认知与表述”“观察与实验搜集证据”“假说的构成与测试”。简单地说就是一个科学理论要经过观察、解释、预测、确认、评估、发表的程序，才能从一个假设发展成原理。科幻小说的“理性思考”就是遵从客观规律、进行逻辑分析的思考方式。

《汤姆·斯威夫特》系列曾是国外流行的科普小说，书中很多的科幻内容今天都已经变成了现实，它曾影响了几代读者，它伴随了很多人的成长。现以中文出版此书，相信书中的情节与科学，也会给中国读者带来同样的快乐体验。

目录 MULU

第一章 太空爆炸

“前哨站呼叫‘蓝天女王’……现在金星风暴看起来越来越猛烈！”

小汤姆正驾驶他的飞行实验室在大气层的上层游弋。这条消息打破了黎明前的黑暗。

“你能用太空探测器弄清现在的情况吗？”汤姆用无线电回复道。

“不能，机长。”斯威夫特太空站的无线电联络员回答说，“不过该星球上的云看起来正异乎寻常地翻涌着。”

面对这样的情况，身为汤姆好伙伴兼副驾驶的巴德·巴克利显得焦虑不安，转身向驾驶室中平头的年轻人问道：“汤姆，这是不是意味着要取消我们的金星探测之旅？”

这两位年仅18岁却经验丰富的宇航员对于首次星际飞行一直翘首企足。

“很有可能。”汤姆的眼睛扫过大型实验研究机机舱内的特种记录仪，“如果我爸爸预测的没错，现在太阳辐射过强，风险也太大了。不过不要紧，我还有别的旅行计划呢，伙计。”

巴德长着一头黑发，是个体格健壮的小伙子。他听后一下子满怀希望地看着自己的伙伴，追问道：“是太空漫游吗？”

“是，不过也不全是。”汤姆说，“我计划在内斯特丽亚建立一个太阳观测台，揭开太阳辐射之谜，并解释辐射对太阳系其他星体的影响。”

有着“小月亮”之称的幻影卫星内斯特丽亚是一颗小行星，它在离地约8万千米的高空中绕地球飞行。汤姆曾带队去那里进行过太空探险，宣称该小行星属于A国。斯威夫特企业集团还在那儿建立了一个永久前哨站，并配有专人负责管理。

巴德为这个新项目激动不已，有一肚子的问题想问汤姆。但这位副驾驶突然起身，手指着飞船右舷。

“哎呀！那边是什么啊？晚上还会有彩虹吗？”

只见红黄绿三色光在漆黑的天空中相互交织，形成一条奇异而朦胧的光带。

看到眼前这壮丽的景色，汤姆也瞪大了眼睛，但他突然轻声笑了说：“伙计，别紧张。这是‘夜辉’，是氧和钠在高空中反应产生的一种自然现象。我也是第一次正面欣赏这样宏伟壮观的景色。”

“嘘！”巴德放松地坐了回去，“我还以为从地球升空时把我转晕了呢！”

尽管二人都不曾遭受“升空眩晕症”的困扰，但他们都知道喷气式飞船飞行员在飞离地球升入高空时，有时会伴有眩晕。

“像你这样升空经验丰富的人，怎么会有机会碰上这样的事。”汤姆安慰着他的伙伴。

“但愿不会，伙计！”巴德继续说，“言归正传，金星上这些混乱都是怎么造成的？”

“太阳耀斑爆发。”汤姆回复道，“你应该知道太阳风是由于带电粒子持续不断溢出而形成的吧。”

“我不知道，不过你继续说。”

汤姆咧着嘴笑了：“哦。太阳时常抛射出一股极热的粒子流，这些粒子就是所谓的等离子体。我爸爸一直在研究金星的大气光谱。他认为帽状云下的大气状况十分不稳定，下一次的等离子流可能会引发剧烈的化学反应。”

“他的推测总是很准，是吧？我们也太倒霉了。”

汤姆点了点头：“现在看起来是这样了。”

汤姆按下按钮记录下仪表读数，巴德在一旁看着。“蓝天女王”飞船的设备有：铷蒸气磁力仪、辐射计数器、成堆的核乳胶、自动化操作的云室和各种原子装置。

“太阳爆发一定会对地球的电离层产生影响。”巴德一边观察多个机载仪表，一边评论道。

“没错。”汤姆赞同地说，“实际上，太阳爆发扰乱了星际间磁场的平衡。地球正遭受各种各样的……”

这位年轻的发明家面露惊恐，突然不说话了。

“怎么了？”巴德问道。

“11点钟方向！”汤姆倒吸一口气，指着机舱窗户，“看那边迸出来的光！”

巴德看到了汤姆所指的景象，张大了嘴巴。太空中先是出现了小的星爆，随即那一小片光不断扩大，形成了闪亮的大火球。

“天哪！那是什么？”巴德充满敬畏地小声问道，“是流星吗？”

汤姆摇了摇头。“流星坠入地球大气层，会形成一条光线划过天空。”这位年轻的发明家先犹豫了一下，接着说道，“巴德，尽管这听起来挺疯狂，但刚才太空中发生了一次核爆炸！”

“核爆炸！”巴德张大眼睛看着他的老朋友，“你是说像氢弹那样吗？”

“不清楚。”汤姆一脸疑惑，“但是你注意观察光斑扩散的方式。在真空中，没有空气的反作用力时原子弹爆炸形成的火球，就会出现刚刚那样的情况。”

汤姆停下来，看了一眼那排仪器，然后吹了一声口哨。

“哎呀，我们正遭受着某种不知名的辐射呢！”年轻的发明家大声喊道，“你看那些定标器和磁力仪！上面的指数还在持续飙升！”

“可能是爆炸，不过不管是什么，都是由于太阳耀斑爆发引起的。”巴德说道，“会不会是因为那些溢出太阳外层的等离子在小流星群中引发了什么反应？”

“我怀疑是。”汤姆回答道。他拿起话筒试图与轮状的卫星太空站联系。该太空站距离地球表面大约有35680千米，由斯威夫特父子所建。“‘蓝天女王’呼叫前哨站……肯，你们在观察突然爆发的那团光吗？”

前哨站指挥官肯·霍顿报告道：“当然了，汤姆！观测台的人已忙得不可开交，想知道发生了什么事。你们知道吗？”

“我还指望你们告诉我呢，”汤姆回复道，“先挂了，一有消息记得通知我们。”

“收到！”

汤姆解开安全带，站了起来。“巴德，你来开。”他说，“我要去顶层的天文观测舱看看。”

“好的，机长！”

汤姆走上通向天文观测舱的钢梯，不见了身影。巴德把飞船略微倾斜，使神秘的光斑处于飞船的正前方。那团光似乎还在扩散，但速度变慢了。

真的发生爆炸了吗？巴德很想知道。这肯定不是A国官方进行太空核试验，巴德想，不然斯威夫特父子一定会收到通知。就算其他国家进行试验，也会向飞船发出某种警告啊。巴德绞尽脑汁，寻求答案，却一无所获。

过了一会儿，巴德打开对讲机，呼叫汤姆说：“现在什么情况，天才少年？有没有找到合理的解释？”

巴德停了一下，等待汤姆回复，但回应他的只有沉默。他又重复了一遍，仍然没有回音。

巴德顿感形势不妙。“嘿，汤姆。”他喊道，“发生什么事了？你还好吗？”

对讲机那边依旧无人应答。

“我的老天哪！肯定出事了！”巴德担心道，“汤姆虽然有时候有点心不在焉，但他可不聋！”

巴德开启了自动驾驶模式，解开安全扣，向上跑去。他三步并作两步地爬上梯子，进入观测舱，眼前的景象惊得他一下子愣在那里。

汤姆·斯威夫特倒在舱板上，不省人事！

“机长！”巴德大声喊着，冲到汤姆身旁，俯下身去查看。汤姆一动不动。巴德把手放在汤姆的胸口，发现他心跳正常。

“老天保佑！”巴德喃喃自语道。

巴德跑回休息室，取来急救箱和一瓶水。等到汤姆完全恢复意识，巴德让他抿了点水。很快，这位年轻的发明家便能够说话了。

“伙计，你刚才真是吓死我了！”巴德对汤姆说，“发生

了什么事？”

“我也不知道怎么回事，刚才我好像晕过去了。”汤姆说着用手去摸头上肿起的包，“哦——哦，我想起来了。我刚才用望远镜看那团光的时候，产生了目眩。转身下楼，突然什么都看不见了，就绊了一下，摔得很重。”

“现在感觉好些了吗？”

“嗯。我们回驾驶舱吧。”

在下去的时候，汤姆仍旧想不明白那奇异的景象是怎么回事儿。他们坐好，系好安全带时，光斑变得更大了，但暗淡了许多。

“前哨站那边有没有新消息？”巴德小声问道。

“肯说他会打过来的。我们还是再给他打一个吧。”

汤姆拿起话筒，还没来得及给太空站发送信号，电话那头便传来一个紧张而又焦躁不安的声音，是公司的无线电通信主管乔治·迪林从费林岛上斯威夫特企业集团的火箭前哨站上打来的。

“费林呼叫汤姆！……能听到吗？”

“非常清楚，乔治。出什么事了？”

“机长，不好了！你们刚才看到太空中出现的那团光了吗？……嗯，那应该是我们发射的一艘无人驾驶货运火箭，上面装载的是内斯特丽亚的每月供给。显然是它爆炸了！”

汤姆和巴德惊得目瞪口呆。“你确定那是咱们的火箭吗，乔治？”汤姆直接问道。

“我确定，机长。我们刚才正用雷达追踪火箭，它突然就消失了。同一时间同一地点出现了一团光，那一定是火箭爆炸解体了。”

“火箭怎么会爆炸呢？”巴德追问。

“我们也不知道。还没任何线索。”迪林回答。

汤姆的表情突然严峻起来。“好了，你们待命吧，有情况随时汇报。”他指示，“我驾‘蓝天女王’回公司。”

“收到！”

汤姆带着疑惑和忧虑，驾驶着飞船来了个大转弯，开始急速向肖普顿附近斯威夫特父子建设的大型实验前哨站驶去。“幸好爆炸的火箭上没有机组成员。”他暗自庆幸。

“蓝天女王”放下了喷气式推举器，降落在专用跑道上，两位年轻的宇航员随后从机舱里走出来。他们匆匆穿过公司灯火通明的机场时，一位通信员骑着摩托车从指挥台向他们快速驶过来，拦住了他们。

“机长，我们刚刚收到迪林发来的一个信号。”通信员告诉汤姆，“迪林先生说他们与内斯特丽亚完全失去联系！那里的前哨站人员对我们的呼叫没有任何回应！”

第二章 神秘礼物

这个消息使汤姆和巴德顿感不祥。内斯特丽亚上的人员在这场爆炸中有没有伤亡?

“汤姆，这真是糟透了！”巴德哽咽着，“前哨站里那些可怜的家伙肯定已经……”

“别说了！”汤姆颤抖着，“我们试试看用太空探测器，能不能发现些什么！”

汤姆急忙感谢了通信员就跑走了，巴德紧随其后。两人跳上一辆吉普车，快速穿过斯威夫特企业集团机场。

这个试验站占地6000平方米，由高墙围起，周围飞机跑道纵横交错。有熠熠生辉的现代化研究实验室、飞机库和车间等。就是在这里，汤姆和他同样出名的父亲——老汤姆·斯威夫特研制出许多发明。

很快吉普车便停在了灯火通明的主楼前，玻璃圆顶的天文观测台在顶楼。汤姆和巴德冲进大楼，乘电梯到达顶层，飞速爬上钢梯到达穹顶。

斯威夫特先生抬起头看到这两人进来。他正在打电话："没有，先生。我们现在还没有任何关于该事故原因的线索，不过我们会随时向您汇报……好的！再见。"

"爸爸，又有别的麻烦了吗？"汤姆问道。

"A国和I国几乎要拉响核警报了。"斯威夫特先生皱着眉头说道。他长得清瘦，但很结实，头发略有些花白，看起来就像是小汤姆的哥哥一样。父子俩长得很像，都有一双深邃的湛蓝色眼眸。

"核警报！"巴德气喘吁吁地说，"就因为我们的火箭爆炸了吗？"

斯威夫特先生点了点头。"刚才是北美防空联合司令部打来的电话，说这次爆炸破坏了他们的探测和跟踪系统。"

"我的天哪！"汤姆惊讶道，"现在费林岛也和内斯特丽亚上的前哨站失去了联系！"

斯威夫特先生立即担心地说道："我们没有时间去调试你的太空探测器了。"

汤姆那装有显微镜的太空探测器是一架神奇的望远镜，拥有可延伸的可视域。它利用无线电将探测到的物体的特写照片，在屏幕上显示出来，而不是利用光学原理。汤姆在他的"挑战者号"宇宙飞船里也安装了一个太空探测器。随后，他们在斯威夫特太空站又安装了一个备用。

汤姆很快将小行星轨道的数据输入探测器的跟踪计算机

里，然后调好控制范围。三个人一起焦急地等待内斯特丽亚的图像出现。

屏幕上依旧一片空白！

“怎么回事？”巴德问道。汤姆这时正在调节高增益信号放大器，但一无所获。

“很明显，探测器的信号没有办法传送出去。”汤姆皱着额头，若有所思地说道。

“这也许是个好兆头。”斯威夫特先生说，“我们的人员可能还非常健康地活着，只是没办法和我们取得联系。”

“那是什么阻断了信号呢？”巴德不解地问，“是爆炸散落物造成的吗？”

“可能是，也有可能是受到太阳活动影响造成的异常信号中断。”斯威夫特先生担心地说道。

“那爆炸是怎么回事呢？”巴德猜疑道，“那才是最大的谜团！”

“说得对，巴德！”汤姆说，“还有另一种可能。这所有的事情或许都是有人蓄意破坏，而且现在只有一个办法可以找出真相。我要飞去费林岛，然后驾驶着挑战者号去内斯特丽亚！”

老科学家把手搭在汤姆的胳膊上。“儿子，我知道你在这样的时刻很难袖手旁观，但现在最明智的做法是等待。”他建议道，“就目前而言，我们对该区域内辐射的危害一无所知。

但是，无线电信号还是有可能恢复的。”

汤姆努力平复着心中的焦虑。“那确实是明智之举。但是我也希望能够做点什么，以便弄清楚我们的人目前的情况。”他朝着挂在墙上的电话大步走去，“现在我们能做的是让哈伦从‘蓄意破坏’这个角度调查一下。”

汤姆拨打了公司保卫处处长的住宅电话。哈伦·艾姆斯的声音很快便从电话那头传来。

“哈伦，很抱歉把你从床上叫起来。”

“什么事，机长？”

汤姆快速地给艾姆斯讲述了现在的情况，然后说：“我知道这令人难以置信，但货运火箭上可能被人安置了一颗炸弹，你现在最好找几个人去费林岛上展开详细调查。调查结束时记得检查一下火箭上有无泄漏。”

“我这就去办！”艾姆斯保证道。

小汤姆·斯威夫特对于间谍、破坏者、竞争对手和其他敌人给他造成的麻烦并不陌生。这位年轻的发明家第一次冒险时，就和一伙寻找珍贵放射性矿石的反叛分子打过仗。后来，汤姆在外太空、海底、南极都有过惊险的经历。前不久，还有一个诡计多端的科学家想要偷取他太空探测器的设计方案。

破晓时分，汤姆挂断电话，开始和爸爸还有巴德详细讨论现在的情况。

斯威夫特先生说："我今天早上要到W城参加全球科学委员会会议，所以不能在这儿帮你们了。"

"爸爸，别担心。您监管着很多政府项目，要操心的事已经很多了。"汤姆说道，"我会和您一直保持联系。"

没过一会儿，乔·温克勒托着餐盘，步伐沉重地走了进来。乔·温克勒来自西部，身材矮胖，是斯威夫特企业集团的现任主厨。他像往常一样穿着花哨艳丽的西式衬衫，踩着高跟靴，谢顶的头上还带着白色的厨师帽。

"在内斯特丽亚上面的那些家伙们有没有传来什么消息啊？"乔问道。很明显，货运火箭爆炸和无线电中断的消息不胫而走。

"还没有。"汤姆回答道。

"我们正想着从你那里借一件衬衫作为太空信号标。"巴德打趣道。

"好吧，没问题！如果它能够发挥……"听到扑哧的一声笑，乔突然不说话了。他哼了一下，意识到巴德是在取笑自己。"现在可不是开玩笑的时候，小伙子！"

"对不起，老前辈。"巴德懊悔地说，"我只是想调节一下这沉闷的气氛。"

斯威夫特先生匆匆吃完午餐就急忙赶往W城。天文观测室里的两个人仍然焦急地等待着，汤姆定时会用太空探测器来观察内斯特丽亚，也会定时尝试和小行星上的人员联系，不过通讯依然处于中断状态。

“要是有什么方法能联系上他们就好了！”汤姆喃喃自语道。

突然一个女生的声音传来，她问：“汤姆说的肯定不是我们，不是吗？”

汤姆和巴德惊讶地转过头，看见两个女孩爬上楼梯走进观测台。刚才说话的那个美丽的女孩是汤姆17岁的妹妹——桑迪·斯威夫特。

桑迪的伙伴——菲利斯·牛顿咯咯地笑着。“什么时候汤姆和巴德会为联系两个微不足道的女孩而烦恼了？”菲利斯说。

菲利斯是一个有魅力的女孩，她棕色的眼睛清澈明亮，头发又黑又直，是老汤姆的同事——奈德·牛顿的女儿。

“嘿！看谁来了！”巴德喊道。他和桑迪经常和汤姆及菲利斯一起约会。

“看看今天早上我收到了什么！”桑迪骄傲地说。

她伸出右手腕，上面带着一条银色的手链，还配有一颗很大的天蓝色绿松石。

“妹妹，你真奢侈。”汤姆轻声笑道，“你什么时候买的？”

“买？”桑迪斜着眼睛，“这可是一位爱慕者送我的礼物！”她把手伸进包里，拿出一张卡片，上面印着这位爱慕者手写的留言：

致一位可爱的美女：

希望您一直带着这串蓝色的绿松石，它会给您带来好运的。

您的爱慕者

“我还在想这个人是谁呢？”菲利斯问道。

“当然，我只是猜测。但无论如何——”桑迪向着巴德快速走了一步，然后在巴德的脸颊上羞涩地吻了一下，“巴德，谢谢你！手链真的很好看！”

“但是——但是，等一下！”巴德思维混乱，脸红气粗，结结巴巴地说道，“嗯——桑迪，其实，那条手链不是我送给你的！”

“不是你？”桑迪惊讶地看着巴德。然后她眼睛调皮地一眨一眨。“嗯，这样的话让我想想……难道是比尔？……道格？……还是鲍勃？”她假装数着手指头，“两位宇航员，你们不能指望着我们女孩整天无所事事，就等着你们有时间和我们约会吧。”

她一边哼着流行歌，一边对着光，欣赏手链上那颗绿松石。巴德尴尬得一句话也说不出来。

看着巴德尴尬的处境，汤姆忍不住咧着嘴笑了起来。突然，他好像想起了什么，皱起眉头。他又看了看卡片，然后对桑迪说：“介意我仔细看看那条手链吗？”

“怎么了？你以为是假的？”她说道。

“确实如此。我想看看它们是怎么连接在一起的！”

桑迪解开手链，然后递给了哥哥。汤姆拿着手链走到墙边的工作台，准备将宝石撬起。

“别！别弄坏了！”桑迪拜托道。

“妹妹，别担心。”汤姆说，“如果我没有把手链拼好的话，我就再给你买一条新的。”

不一会儿，宝石就从原来的位置上掉了下来。令桑迪、巴德和汤姆惊讶的是，宝石里面竟然是小巧精致的晶体管和电线。

“天哪！”巴德喊道，“居然装了窃听器！”

“窃听器？”桑迪迷惑不解地重复道。

“没错。你的手链是用来窃听别人的对话的。”汤姆解释完，用放大镜检查着这个电子装置，“这是话筒和无线电发射器。”

桑迪吓得有点透不过气来：“但这是为什么呢？难道送我手链是有预谋的？”

“恐怕是，妹妹。”汤姆回复道，“也许是公司的某些竞争者认为能从我们的对话中得到一些有价值的机密。”

突然，巴德机智地说：“这个伎俩很低级！汤姆，窃听的范围是多少？”

他的伙伴耸耸肩说：“这个无线电发射器看起来挺厉害的，有效传输距离达16千米。”

这位年轻的发明家推测，送礼物的人要么是计划跟踪桑迪偷听，要么就是在公司和斯威夫特家中间安装了一个放大信号的信息中转站。“妹妹，你介不介意我把这个交给保卫处进行进一步的检查？”汤姆问道。

“交给你了。”桑迪叹了口气，懊恼地说道。

女孩们一走，汤姆就给保卫处打电话，让艾姆斯的助手费尔·拉德诺调查此事。很快，一位安保人员过来取走了手链。

同时，两个男孩又打起精神，继续等待内斯特丽亚的消息。最后，汤姆再无法忍受就这样一味等下去。

“巴德，走吧！我们乘一架喷气式飞机去费林岛……”

这时电话铃响了，打断了汤姆的话。汤姆拿起电话，是来自通信中心的值班通信员的紧急呼叫。

“机长，我们刚接收到警察用短波传来的一条消息。他提醒我们公司加强安全警戒，因为有人要来杀你！”

第三章 不速之客

“要来杀我！”汤姆几乎不敢相信这条消息，“什么意思，斯帕克斯？”

“坦白说，我也不清楚。”通信员回复道，“警察调度员说得很急，所以我知道的就这么多。我猜可能是那种听起来疯狂的假警报，不过我希望你还是小心一点好！”

“好的，我会通知艾姆斯和拉德诺的。”汤姆说道。然后他又问：“迪林那儿有没有新消息？联系上内斯特丽亚了吗？”

“还是一点消息也没有。”

“嗯。告诉他继续联系。我到费林岛后会尽快飞去小行星那边。”

挂断电话，汤姆告诉了巴德警方刚刚发出的警告，然后又打电话通知了保卫处。随即他又打给附近的州警察局，要求和刚才那位调度员通话。

“我是小汤姆·斯威夫特。”年轻的发明家说，“你能不能再多透露一些要来刺杀我的那个人的信息？”

“对不起，不能，因为我也没有收到更新的消息。”调度员回答，“罗克警长给我发了那条短讯，让我告诉你的无线电通信员。”

“那罗克警长现在在哪儿？”汤姆问道。

“他自然是在亲自负责此事，因为他是从车里给我打的电话。”调度员说道。这时有一条信息传来，他急忙停下来接收消息，然后继续说：“我知道这让人很不愉快，但是你要做好准备，我这边一有消息就立刻通知你。现在我们许多同事也正在去调查嫌疑人的路上，所以我想很快就会有消息了。”

“好的，谢谢。”汤姆把电话放回原处。“或许真的如斯帕克斯说的那样，整件事情不过是一场虚惊。”年轻的发明家沉思着说道，“但是我还是想弄清楚这是怎么回事。”

“我也和你一样想弄清楚！”巴德说道。

不一会儿电话铃又响起，汤姆接起电话。是哈伦·艾姆斯打来的，汇报他们针对警察提醒之事所采取的措施。

“机长，我已经加强正门的警戒力度。”艾姆斯说，“而且我们现在还在公司围墙那边安置了一些人，我确定没有任何可疑人士能够进入。但是安全起见，您暂时还是待在观测台那边吧。”

汤姆不情愿地答应着，更多的是好奇，而不是担忧。

“我们最好还是再试试太空探测器。”他对巴德说道。

两个男孩在那台巨大的太空望远镜的控制台上忙碌开了。几分钟后，一声巨响突然从试验站那边传来，随即响起了刺耳的警铃声。

“我的天哪！”巴德脱口而出，“发生什么事了？”

汤姆打开公司的雷达显示屏。在屏幕的边上出现了一个光点，年轻的发明家马上叫道：“正门前出事了。”

巴德马上冲上阳台。“出事了！”他大声说道。

汤姆也来到阳台，向那边看去。一辆车全速撞在了公司入口的大门上，工作人员正从四面八方跑向出事地点。

“走！我们去看看是谁！”汤姆大声说道。

两个男孩走下屋顶，迅速爬下钢梯，坐上电梯到达一楼。走出楼，向正门的方向跑去。

“哈伦在那儿！”巴德大声喊道。

一辆搭载着警卫的吉普车在正门附近停下。身材清瘦，一头黑发的保卫处处长哈伦·艾姆斯跳下车，看向汤姆。

“机长，你最好待在里面。”艾姆斯说，“他可能是杀手！”

“我不觉得他还能威胁到我！”汤姆回答。

从破碎的车窗能够看到，司机倒在方向盘上，头部的伤口还在不停地流血。

“正门被撞变形了，开门系统坏了。”艾姆斯的助手费尔·拉德诺说道，“我们必须经过警卫室才能出去。”他

身材矮胖。

等到他们走近那辆蓝色大马力汽车的时候，门卫已经将司机从破损的汽车中救了出来。令汤姆和巴德惊讶的是，司机是一个年轻的外国人。

在公司年轻的辛普森医生查看伤者伤势时，罗克警长带着两车州警也赶到了。

“没错，他就是我们要找的人。”只看了一眼，罗克警长马上说道。这位失去意识的外国人被放在地上的一块毯子上。“他的伤势严重吗？”

“恐怕十分严重。”医生说道，“他中弹了，脑部受到剧烈震荡。”他指了指受害者左侧那条触目惊心的伤口。

罗克警长面无表情地点点头说：“有人跟我们说他是一名逃跑的精神病患者，追他的医院安保一定是跟丢了。”

罗克快速地查看了一下那个男人的口袋，除了驾照再没有找到别的能证明其身份的东西。驾照是一年前签发的，上面的名字是“约翰·津”，居住地X城。

就在此时，刺耳的警报声响起来，救护车到了。他们和辛普森医生快速地交流了一下情况，一名实习医师和救护车司机将这个年轻的外国人抬上担架，送往肖普顿医院。拉德诺和一位州警也驱车前往。

“你们赶紧上路巡查，看看那些医院安保在哪儿。”罗克警长对一位巡逻警察说道，“我在这边还要处理一些事情。”

这位高个子，宽肩膀的警长和汤姆、巴德、艾姆斯一起来到保卫处，向他们详细讲述了这威胁到汤姆生命的袭击。

“报警的是一位加油站的职员。”罗克警长说，“我接到电话后，决定亲自调查。因为你对于国家航天事业太重要了，汤姆。”

“谢谢。”汤姆略显难为情地笑笑，“那位加油站的员工是怎么知道我有危险的？”

“他说，有一位外国人在他的加油站停下，打听怎么去你们公司。”罗克回答，“那位加油站的员工觉得哪里有点不对。这位东方人举止慌张，有点心神不宁，而且他离开一分钟后，又来了一辆车，里面坐着两个人。”

“是安保？”艾姆斯问道。

罗克警长点了点头说：“他们和那名职员说他们在找一个从医院逃出来的精神病患者，一个外国人，对汤姆·斯威夫特恨之入骨。他们认为他会去斯威夫特企业集团杀害汤姆。得知那个外国人离开的方向后，他们就离开了。没过一会儿，那名职员就听到了枪声，便向州警察局报了警。”

“医院的安保配枪了？”汤姆惊讶地问道。

“他们应该获得了许可，因为事情紧急。”罗克警长说道。

“他是从哪家医院跑出来的？”艾姆斯询问道。

“我不知道。我们没有收到关于那个逃跑人的通知。”罗克警长说，“等我们找到那些安保的时候会弄清楚的。那个外国人一定是趁安保不备，从其中一条土路逃了。这条路穿过10号高速公路西侧的小山丘。”

这时电话铃响了，艾姆斯接起电话说了几句，然后说：“好的，请等一下。”

艾姆斯看着汤姆说：“机长，费尔·拉德诺从医院打来说那个人已经恢复意识，请求见您。”

“告诉他我一会儿就到。”汤姆从椅子上站起来。

“可我们不是要去费林岛吗？”巴德反驳道，“而且，如果这个人只是个疯子……”

汤姆耸了耸肩。“如果他是从某一家医院跑出来的，医生没有把他的驾照拿走也太奇怪了。当然也有可能是一些探视者偷偷给他的。不管怎么说，我很好奇他会说什么。应该用不了很长时间。”

“我还是和你们一块去的好。”罗克警长说道。

警长走向正门的时候，两个男孩急急忙忙跑到停车场，开着巴德那辆红色跑车，从斯威夫特企业集团私人入口离开。警铃开响，警车开道，带着他们向城里驶去。艾姆斯则留在公司对这场事故进行调查。

汤姆、巴德和罗克警长一到肖普顿医院，就有人急忙把他们带到了急诊室。一位实习医生弯着腰，正在给那位伤员检查，拉德诺和其他警察站在一旁。

“他意识清醒吗？”汤姆紧张地问。

实习医生看了一眼，说：“是的，但是谈话要简短，病人还很虚弱。”

汤姆走到床边，实习医生也站在一旁。那人无力地睁开眼睛，看着这位向他俯下身的年轻发明家。

“你——你是汤姆·斯威夫特吗？”他呼吸困难，喘着气问道。这个男人大约25岁，黑发、颧骨突出、面容憔悴、十分消瘦。

“我是。”汤姆说道，“你想和我说什么？”

那位外国人的脸扭曲着，好像使尽了最后一丝力气。“当——当心，黑眼镜蛇！”他含含糊糊地说着，让人不明所以。

他微微地抬起身体，试图把话讲完。汤姆又凑近了一些，只能听到零星的几个词：

“——要让汤姆·斯威夫特走向毁灭！”

第四章 太空编码信息

那位外国人声音越来越小，最后倒在枕头上。

实习医生赶忙上前检查，按下紧急呼叫铃，把护士叫过来。“立刻把护理员叫过来。把病人送到手术室！”他命令道。

实习医生对汤姆和其他人说：“他陷入了昏迷，坦白地讲，恢复的概率很小，但我们会尽最大的努力。”

“谢谢！”汤姆说道，“如果需要帮助的话尽管找我，还有把医疗费账单寄到斯威夫特企业集团。”

其他人听后都很惊讶，跟着汤姆出了病房。

“机长，你到底在想什么？”拉德诺问道，“那个男人可是来杀你的，你竟然还帮他付医疗费！”

“我们怎么知道他是来杀我的？他说的听起来可不是这样。”

拉德诺哼了一声，说：“你是说这事和‘黑眼镜蛇’有关？”

汤姆点了点头。“有人正在谋划一些事情，‘要我走向毁灭’。”他转过身，问罗克警长，“警长，你怎么看？”

这位官员耸了耸肩，说：“我比较同意拉德诺的观点。也许就是像安保说的那样，他本来就是一心一意地想杀你，汤姆。而这次撞击使他突然良心发现。”

“但前提是，追他的人真是安保。”汤姆说道。

罗克警长机警地看了一眼这位年轻的科学家，问：“你认为那些人是骗子？”

“我不知道。”汤姆答道，“但是如果他们是骗子的话，津的警告便是真的。”

这位警长思忖了一会儿，说：“听起来有些令人难以置信，汤姆，但是你的猜测也许有道理。”

一群人从医院出来，罗克警长大步向自己的车走去。“有没有关于那些安保的消息？”他向司机问道。

“还没有，迈克尔斯刚用对讲机报告过。区域内，有三辆车仍然在路上搜查。”

“给巡警指挥中心打电话。”罗克警长厉声说道，“让他们发布全国通缉令，详细描述一下那辆车和那两个人。还有，封锁所有主干道，检查附近的每一家精神病医院。”

“好的，长官！马上去办！”

与此同时，罗克警长指派另一名警察赶到医院换班：“要严密监视那个病人。”说完便又回到两个男孩儿和拉德诺这边。

“如果那些所谓的安保是骗子的话，我们会尽快查清楚的。”他对汤姆说道。

“谢谢。”汤姆说。他和巴德、拉德诺乘同一辆车，加速驶回公司。

他们到公司的时候，汤姆让巴德准备好飞往费林岛的喷气式飞机吩咐道：“还有给火箭前哨站打电话，让他们给我们准备好‘挑战者号’”。

汤姆和拉德诺走到保卫处停下，和艾姆斯讨论了最新进展。艾姆斯和其他人一样，认为那个东方人精神错乱。

“你怎么看‘黑眼镜蛇’呢？”汤姆问道，“你之前听过这个名字吗？”

艾姆斯说：“没有，但是我们会继续跟踪调查的。那个外国人的驾照是一条线索，同时我已经联系了警局和调查局。”

艾姆斯补充说，对货运火箭爆炸的调查表明该事件不是蓄意谋划的。汤姆听后，安心了一些。随后他乘坐吉普车到主楼，然后急忙跑到天文观测台。

汤姆又尝试用太空探测器获取内斯特丽亚的近景图——但是失败了。迪林汇报说很不走运，无线电联系也失败了。

汤姆和巴德离开公司之前，乔给他们做了一顿简单的午餐：烤牛肉三明治和柠檬汁。“真棒！”汤姆感叹道。

“头儿，你们是不是要去‘小月亮’上看看？”乔急切地问道。

汤姆点点头，说："我要尽快飞去费林岛。我很担心我们在内斯特丽亚的人。"

"汤姆，我也是。"乔说，"有没有空位再带上一位太空厨师？那些家伙也许需要独特的饮食。"

"老前辈，这真是个好想法。"汤姆赞同地说道，"行，你可以和我们一起去。"

几分钟后，三个人便乘坐飞机从公司的飞机场向海边急速飞去。费林岛是临近大西洋，拇指状的一个小岛。它坐落于沙丘和杂草丛间的荒地上，曾是斯威夫特企业集团的绝密火箭基地。现今，费林岛受政府严格管辖，无人机和雷达密切地监视着这片区域。

汤姆给控制台发了无线电，得到飞行许可后便降落下来。他们在岛的中心能够看到发射区，那里竖立着许多火箭和火箭塔架。南北海岸有许多码头，停着许多运油车、巡逻快艇和深海潜水艇。

早有一辆吉普车等在那里，把男孩儿们带到"挑战者号"。汤姆的这艘宇宙飞船设计独特，令人赞叹，曾载着汤姆去过月球。其机身为巨大的银色立方体，周围环绕着像陀螺一样的钢轨架。碟形斥力装置发射天线沿着那些轨道穿梭，向任意方向发射射线。这些射线能够为飞船提供能量，使其在太空中极速穿行。

站在三个男人身边的斯利姆·戴维斯是斯威夫特企业集团的老试飞员和宇航员。他们穿过机舱登上飞船，机组成员将升降机放置在指定位置。

汤姆在机舱内的飞行员控制台上就位，开始加热斥力装置。汤姆、巴德和斯利姆快速地检查了各项仪器后，给后方的发射台发射信号。

“允许发射！”有人回复道。

头顶上的波段选择开关上的灯闪烁着，汤姆将斥力装置调到正确的频率。随即，发射器旋转到地面推力位置，机舱里充斥着嗡嗡的声音。

“出发！”汤姆小声说道。斥力装置加速运行，“挑战者号”迅速升空。

由于斥力装置增速平稳持续，他们没有受到重力冲击。石英玻璃外侧的天空由蓝色转为深紫色，又变为天鹅绒般的黑色，汤姆和他的机组成员们紧张得沉默不语。

飞船下方，地球被云层覆盖着，就如一颗五光十色的球。星辰亦变得越来越清晰，如钻石般闪耀，在这片漆黑的天空中散发着点点光芒。

一会儿，空间前哨站就出现在不远处。那是一个闪闪发光的拥有12根辐条的巨轮，上面架着天线和网格望远镜。空间站正沿轨道运行，尽管看起来静止不动。

“我们现在在去内斯特丽亚的途中。”汤姆向空间站发出信号。

然后他收到了无线电回复："祝你们好运！"

"祝我们好运！"乔说道。过了一会儿，他又说："要不我们联系'小月亮'那边吧。"

"好主意！"汤姆赞同地说道，"在这范围内，也许能接通。"

汤姆联系了很多次，乔和其他人都焦急地等待着，但那头始终没有应答。巴德接管了挑战者号宇宙飞船，年轻的发明家汤姆试图用太空探测器获取小行星的图像，可是努力再一次落空了。

巴德咬紧牙关说："我们必须坚持到底！"

突然一声尖锐的铃声响起，所有人都被吓了一跳，转过身去。

"太空解码器！"斯利姆大喊道，"你太空里的朋友给你发来的一条消息！"

一个月以前，一枚刻着奇怪符号的导弹像流星一样坠入地球，掉落在斯威夫特企业集团。汤姆和他的爸爸设法解开了那些符号的意义，发现是来自另一个星球的信息。

斯威夫特企业集团用一台功率超强的无线电发射机回复该信息，并和这些未曾谋面的外星生物建立了友谊。

他们似乎密切监视着斯威夫特企业集团的各项活动。之前，也是他们将内斯特丽亚小行星引入轨道，使其绕地球运行的。

后来，汤姆发明了用于翻译的计算机，它能够对来自太空或者发往外太空的消息进行自动编码和解码，然后将译好的内容通过电传打字机输出，打印在纸条上。

不一会儿，无线电收到了另外一些消息，并把信息显示在示波器屏幕上。

汤姆冲到机器旁，奇怪的符号已经闪现在示波器屏幕上。汤姆大声地读出消息。

“停下！请在如下点进入轨道。”消息是从地球、月球和内斯特丽亚的方位传来的，“重复一次，停在那儿！熄火！一会儿再飞。”

“头儿，这什么意思啊？”乔激动地问道。

汤姆皱着眉头研究着纸条，沉思着回复：“我想就是字面上的意思。”

“但是，这是为什么？”斯利姆问道，“我是说，让我们停下的理由是什么？”

“我们问问他们吧。”汤姆做出决定。他打开太空解码器，打出他们的疑问。

过了一会儿，信号铃又响了起来。红色的信号灯闪烁着，一些奇怪的符号出现在他们的眼前。

斯利姆不耐烦地抱怨着。“机器翻译不了吗？”他问道。

“是的。那些符号是新的，我们之前没有收到过。”汤姆说道。

通过数学分析去弄清楚那些词语的意思需要花好几个小时，所以这位年轻的科学家很快打出了另一条消息：

没有时间翻译了。请用其他符号再说一遍。

没过一会儿，信号铃再次响起来。这一次机器轻易地翻译了出来：

危险！最好服从命令。

汤姆大声地读完消息后，焦虑的气氛悄无声息地在机舱内弥漫着。

过了一会儿，巴德大声喊道："汤姆，不要这么做！如果那场货运火箭爆炸是敌人造成的，那么这可能是个陷阱，它会把我们引进埋伏中！我们最重要的是到达内斯特丽亚！"

汤姆很快做出了决定。"我认为这条消息是可靠的。"他冷静地对其他人说道，"我们停下。"

汤姆回到了自己的位置，再次控制飞船。他的眼睛在空间方位探测器的屏幕和另一个仪表盘的各种仪表上来回扫视，这些仪表上显示着各种天体的距离和方位。

汤姆调整斥力装置，把飞船的速度降了下来。然后选准时间，马上切断斥力装置的电源，使"挑战者号"靠惯性飞行，不再继续接近小行星。

乔紧张地喘着气说："现在该怎么办？"

年轻的科学家耸了耸肩，说："按他们说的飞行。"汤姆虽然表面看上去很镇定，但他始终保持高度警惕。所有人都意识到机组人员处于危险之中。

汤姆又打开开关，然后发动斥力装置，径直向内斯特丽亚飞去，然而加速器没有反应，“挑战者号”没法冲出轨道！

“果然是个陷阱！”巴德大声喊道，“我们被困住了！”

第五章 隐形的屏障

“挑战者号”会遭到袭击吗?

汤姆的额头渗出汗珠，他把斥力装置的油门加到最大，但飞船依旧没有一点反应。

“天哪！”乔唠叨着，“如果某些讨厌鬼要伏击我们，那我们真成活靶子了！”

汤姆意识到机组人员的生死都在他的一念之间，惶恐得难以呼吸。突然，他灵机一动。

“辅助火箭！”他轻声说道。

斥力装置的能量来自太阳能，为了在地球本影和月球本影中也能飞行，飞船上就安装了辅助火箭。汤姆把火箭筒调到点火发动的位置，发射了一枚助推火箭。

“挑战者号”立刻从轨道中脱身！巴德和其他人都松了口气。汤姆等到飞船离开轨道几百千米甚至更远时，试着启动斥力装置，这次飞船运行十分顺畅。

“我不懂。”斯利姆倒吸了一口气说道，“斥力装置现在怎么又能运行了？”

“我自己也不明白。”汤姆皱着眉头说道，“我们再接近一次吧。”

他对准距离刻度盘上的航线，控制着“挑战者号”回到之前在轨道中的位置，迅速降低功率。短暂地停留了一会儿后，他启动了斥力装置。

“挑战者号”又一次加速失败了！

“该死的！到底哪里出错了？”乔气急败坏地说，“飞船在这儿被吓着了吗？”

“它的确表现得就像你说的那样。”汤姆皱着眉头说道。

巴德突然满脸羞愧地笑了一下。“刚才我们被困住的时候，我被吓得叫出声来。”他承认道。

“不用在意。大家都这样。”汤姆说道，“问题是，我们现在该怎么做？”

“也许我们应该退回去然后再接近一次，”斯利姆·戴维斯说道，“或者就坚持前行。”

汤姆坚定地点点头，突然一个可怕的新念头出现在他的脑海里。“如果我们打算漠视外星人给我们发来的消息，我们可以试试这么做。”他说道，“但是这样冒险，我担心整个飞船可能会爆炸或者解体！”

“解体！”巴德大声喊道。

“我的炖山艾啊！”乔颤抖着喊道，“你是说我们也有可能像货运火箭那样轰隆一声就没了吗？”

“正是。如果我的预测正确的话，那些给我们发消息的外星人是想救我们！”汤姆说完，又补充道：“我们赶快离开这儿，然后我再解释。”

年轻的发明家发射了一枚助推火箭，使挑战者号脱离轨道。很快嗡嗡的声音响起，斥力装置又正常运行了。汤姆让辐射器旋转起来，促使飞船一直旋转下降，向地球飞去。

“这仅仅是理论猜测。”汤姆马上接着说道，“我怀疑内斯特丽亚被某种奇怪的电磁场或辐射屏障包围了。如果我们靠得太近，就会抵消我们斥力装置的射线——这也就解释了为什么无线电信号传输中断。”

“怎么解释？”斯利姆一脸疑惑地问道。

“这种屏障会把无线电波反射回来。”汤姆解释道，“换句话，内斯特丽亚前哨站发射器发射的信号被反射回了内斯特丽亚，外来信号也被反射回去。”

“如果我们撞上辐射屏障——唉！我们都会完蛋的！”巴德擦了一下额头，想起了今早他和汤姆在太空看到的那场大爆炸，然后说，“我当时还求着你继续航行呢！”

随后他若有所思地补充说：“天才少年，假设你的推测是正确的，内斯特丽亚周围的隐形屏障是怎么来的呢？”

汤姆注视着窗外的景色，飞船不断下降，地球显得越来越大。“问得好，巴德。”他皱着眉头说道，“我要是知道就好

了，可惜不知道。”

“太阳耀斑爆发！”巴德充满希望地说道，“有没有可能是它造成了内斯特丽亚周围的辐射——就像它引发金星上的那场风暴一样？”

汤姆敲了敲脑袋说：“我也弄不明白。”

“那一定是我们的敌人搞的鬼！”斯利姆说道。

“我承认这听起来挺牵强的。”汤姆说道，“但是，我们不能够排除这种可能性——特别是今天我们还收到了警告。”

他重复着那个外国人含糊不清的警告：“有人正在计划着要让汤姆·斯威夫特走向毁灭。”

“无论是谁制造了屏障，”汤姆继续说道，“他可能已经预料到我会悄悄离开公司，飞去内斯特丽亚前哨站调查，也知道我的飞船会和货运火箭有同样的遭遇。”

斯利姆不寒而栗，说：“真是阴险毒辣的诡计！”

“真够阴险。”巴德若有所思地说。他突然打了个响指，说：“而且有可能和送桑迪窃听手链的是同一人！”

汤姆点点头：“没错。他可能想通过手链来窃听我们的行动。”

这位年轻的科学家用无线电信号向费林岛发送了一份详细的报告，随后在大部分的旅途中都表情严肃，一声不吭。两个小时后，“挑战者号”进入了地球大气层，然后像陀螺那样旋转着降落在火箭前哨站。

汤姆和巴德在职工餐厅吃过晚饭，又回到了汤姆在岛上的观测台。巴德说："伙计，我敢说你那强大的大脑一定在思考很多事情。想聊聊吗？"

"如果像我们推断那样，辐射屏障是罪魁祸首的话，那我们的首要任务就是找出辐射屏障的性质。"汤姆沉思着说道。

"那接下来我们应该怎么做？"巴德问道。

"发射一枚探测导弹。获得我们所需要的数据，我就能够开始寻找打破屏障的方法。"

他们一到达汤姆的天文观测台，这位年轻的科学家就打开所有的仪表，开始工作。过了一会儿，对讲机中的嗡嗡声打断了汤姆的工作，是迪林从通信前哨站打来的。

"机长！我们刚才和内斯特丽亚联系上了。"他激动地报告道。

汤姆和巴德听到消息后激动不已，乘着吉普车快速穿过小岛，冲进通信办公室。

"电话还通着吗？"汤姆喊道。

迪林点点头。"他们的信号特别弱，但是我们已经增强信号，足够听清他们在说什么。"他对着麦克风补充道，"汤姆现在在这儿。"

汤姆接过麦克风。"那边发生什么事了？"他急切地问，"你们都还好吗？"

"当然，机长。"电话那边传来内斯特丽亚通信员的声音，“我们现在从空气制造仪中获得水，但我们需要一些食物。”

每月供应补给物资的火箭爆炸了，发射出大量的辐射，他们手里所有的食物都被污染了。受前哨站警告台的提醒，全体人员穿上防辐射服后，已经来不及保护那些食物了。

汤姆继而解释自己关于小行星周围隐形辐射屏障的推测。“别气馁。”他说道，“我会尽快设法派一艘备有补给的飞船过去，把你们都安全地带回地球。”

汤姆听到那边有隐约的欢呼声。很明显，前哨站的所有成员都围绕在无线电设备周围。

汤姆、巴德和小行星上的人又聊了一会儿，然后急急忙忙地跑回观测台。星光熠熠的夜空令他们心生敬畏，亦使他们惦念着那些远在8万千米外，孤立无援的伙伴们。

“汤姆，如果那儿还有辐射屏障的话，他们的信号是怎么传过来的呢？”巴德迷惑不解地问道。

“我猜是因为晚上的时候，内斯特丽亚阴暗面的反射能力更强。”汤姆沉思着说道，“这样它就有可能将更多的辐射反射回去，从而迫使屏障外移。这样屏障就像一个被拉伸的气球那样变薄，变透明，从而使得无线电波更容易穿透过去。”

当吉普车停到观测台楼前的时候，汤姆补充说：“巴德，如果无线电信号能够穿过黑夜的话，我们供应补给物资的火箭或许也能完好无损地通过屏障。”

“嘿，这个主意不错！我们最快什么时候能试试？”

“今天晚上我们先发射两个探测仪，明天晚上再发射一枚货运火箭。”

前哨站立刻忙碌起来，抓紧准备。临近午夜，艾姆斯从公司那边打来电话，将汤姆从发射区叫了出来。

“机长，有条坏消息。”这位保卫处处长说，“看起来那位外国人讲述的关于‘黑眼镜蛇’的警告好像是真的！”

第六章 可怕的响动

汤姆听完这条消息有些恐慌，但一点也不惊讶。因为他之前就认为那位年轻的东方人不是逃跑的精神病患者。“哈伦，你发现了什么？”汤姆问道。

“那个家伙真实的名字是约翰·津。”艾姆斯答道，“他是一名工程研究生，持K国护照入境。”

“那精神病患者是怎么回事？”汤姆询问道。

“假的。调查局调查了肖普顿几百千米内所有的医院和疗养院，但是没有记录显示津曾是精神病患者。最终A国移民局证明了这一点。”

“怎么说？”

“就在昨天，”艾姆斯回复道，“津从艾德怀尔德入境，他刚结束了在N国的工程研究之旅。”

汤姆吹了一声口哨说：“这么说来那些假安保一定是杀手，他们试图阻止他和我联系！”

“机长，这一点毋庸置疑。”艾姆斯赞同地说道，“最糟糕的是，他们已经消失得无影无踪了。他们要么在封锁道路之前就逃跑了，要么就是在肖普顿内又藏了起来！”

汤姆思忖了一会儿，问：“那‘黑眼镜蛇’是怎么回事？”

艾姆斯说调查局已经向警察厅和K国情报部门发送电报，请他们对津进行例行检查。他们也询问了“黑眼镜蛇”的相关信息和线索。

“K国情报部门，”艾姆斯继续说，“回复说有一个叫那个名字的神秘人物，最近卷入了远东政治暗杀阴谋中。但还无法确认他的真实身份，而且一年以来完全没有听到他的消息。”

“呀！听起来津好像卷入了很严重的事件中！”汤姆说道。

“没错！”艾姆斯一本正经地说道，“机长！如果津的警告可靠的话，你就是黑眼镜蛇所瞄准的下一位受害者！”

“你说约翰·津为什么没有选择打电话来提醒我？”汤姆沉思着说道，“或者打电话报警说这件事呢？”

艾姆斯推测那些杀手可能一直埋伏在X城，等着津登陆。那个年轻人一直在东躲西藏，过着逃亡的生活。

“而且，”艾姆斯补充道，“津或许认为打电话警告会被当成骚扰电话挂掉。亲自来见你才能让你相信你有危险，而且还能向你解释具体情况。也许，他希望我们能将他藏起来，或者帮他摆脱那些杀手。”

汤姆认为这个解释听起来合情合理。“实际上，津可能是某个背叛的间谍或是外国密探。”这位年轻的发明家推测道，“避开警察和A国当局总是需要充分理由的。”

“我猜你说中了！”艾姆斯说道。

“最好在医院周围派一些警卫，所有的探访者都要仔细检查。”汤姆建议道。

“罗克警长已经这么做了。”

挂电话前，汤姆还对艾姆斯讲述了自己关于内斯特丽亚电磁场和辐射屏障的看法。艾姆斯汇报，没有任何证据证明货运火箭的爆炸是有人蓄意而为，汤姆认为这恰好证实了他的推测。

“嗯，好吧，哈伦，”他半开玩笑地说，“如果我是下一个目标，我们就要睁大眼睛盯紧这个黑眼镜蛇！”

“汤姆，不要掉以轻心。”艾姆斯警告汤姆说，“可能很危险！”

汤姆挂断了电话，一副若有所思的样子。突然传来水花四溅的声音，汤姆一抬头，不禁咧嘴笑了。

乔·温克勒看着汤姆，眼里满是担忧。这名厨师正端着一壶热气腾腾的可可，想给汤姆倒上一杯。由于担心过度，他一走神，可可就像个小瀑布一样从杯子里溢了出来！

“嘿！当心，老兄！”汤姆大声喊道。

“啊？哎呀！”可可溢出桌面，顺着他的裤子流下。乔一看，吓了一跳，说：“给我个汤勺，我要量量我有多粗心。”

这位胖胖的老人赶紧擦拭，然后焦虑不安地转向汤姆。

“有人要加害你吗，头儿？”

“不用担心，老前辈。”汤姆笑着安慰乔说，“想想你的左轮手枪里可满满都是子弹呢。如果我发现他了，我就大声喊救命。”

“好的，你把那条蛇留给我。”乔既担心又慈爱地说。

汤姆咧着嘴笑了，拍了拍厨师的肩膀，然后迅速回到了发射区。

两枚导弹已经准备就绪。一枚装备着探测辐射屏障的仪器，另一枚只装了燃料和无线电制导系统。随后，汤姆打算尝试穿透屏障。

发射区灯火通明。完成最后检查，汤姆和巴德退回控制台，乔治·迪林和负责导弹跟踪系统的人员站在那儿观看。

汤姆对着广播系统下令道：“准备发射！”随后他便开始倒计时。

“……还有三秒……两秒……一秒……发射！”

汤姆按下了发射按钮，将装有探测器的导弹发射出去。它从平地上腾空而起，喷射出浓烟和火焰，然后直直地向夜空飞去。相关导弹追踪人员在跟踪导弹的进程。

“机长，看起来这次发射很完美！”没过一会儿，迪林就说道。

汤姆点点头，说：“好。发射第二枚导弹。”很快第二枚导弹向着天空飞去。

配有探测器的导弹向小行星内斯特丽亚的轨道飞去，其所设置的范围与“挑战者号”停飞期间回复外太空信息时的范围一致。第二枚导弹马上就要接近小行星了，它将从货运火箭爆炸的位置穿过辐射屏障。可能的话，每一枚导弹都会再次返回地球。

这位年轻的科学家在跟踪站踱来踱去，直到两枚导弹快要接近目的地。他和巴德跳进一辆吉普车里，驶向机场控制塔。塔里有一个虽小但却强大的光学望远镜。在这儿，巴德在一旁看着自己的伙伴聚精会神地调整了望远镜，密切注意着第二枚火箭。

“看到什么了吗？”

“没有。”汤姆瞥了一眼腕表说，“距离它撞击屏障还有10分钟。”

男孩们等着。终于，一道耀眼的光芒在夜空中闪现。

“出现了！”巴德大声喊道。

汤姆透过望远镜专注地盯着爆炸，滤光器减弱了光的亮度。这道光芒持续了一会儿，然后开始消散。

跟踪站里洋溢着喜悦之情，汤姆拿起电话，打给发射控制台：“乔治，还能收到信号吗？”

“信号微弱。”迪林回复道，“虽然这次爆炸使精简的导弹偏离轨道，但是看起来反应良好。我觉得可以试着把它收回来。”

男孩们重回发射区，又开始焦虑不安地等着。最后他们总算听到呼啸声，岛上的无人驾驶飞机引导着返航导弹，在灯火通明中平稳着陆。几秒后，科学家们从混凝土砌成的发射控制台中蜂拥而出，跑过去察看。所有人都穿着绿色的防辐射服以防导弹带有辐射。

“伙计，导弹受损严重！”巴德说道。

“还行，没有彻底毁掉就好！”汤姆高兴地说道，导弹虽然被烧得很严重，但它依旧完整且还能够运行，“巴德，这就证实了我的推测，辐射屏障在夜晚果然变得脆弱了。幸运的话，我们就有可能把货运火箭发射过去！”

这会儿，由于缺乏睡眠，巴德眼睛微肿，感到头晕无力。

“去床上躺会儿吧。”汤姆对他说道，“今天真是漫长又艰难的一天啊，伙计。你困得都快站不住了。”

“我现在闭上眼睛，站着都能睡觉。”巴德说道，“你呢？就算是天才少年也不能不睡觉吧。”

“可是我想留下来看看这枚导弹的制导系统。”

巴德乘吉普车离开，向员工休息室去了。汤姆为了进一步细查，还留在那儿指导测试导弹的拆卸工作。

东方渐渐露出了鱼肚白，年轻的科学家才回到岛上的天文观测台。他打算休息几个小时，再起来分析导弹带回来的探测数据。

观测台里的那个小房间装修十分简单。汤姆进屋的时候，屋内一片漆黑。他打着哈欠，手在墙上摸索着开关。突然，黑暗中传来一阵奇怪的嘈杂声，似乎是从底层传来的。

汤姆被这声音吓得头发都竖起来了，只得僵硬地停在那儿。他的手离开关还差几厘米——他浑身都处于警戒之中。

年轻的科学家屏住呼吸，努力地向黑暗里看去。噪音越来越大，突然一道身影出现在前方，紧接着便响起一声令人毛骨悚然的尖叫声！

汤姆以迅雷不及掩耳之势冲到“入侵者”面前，将他扑倒在地！

第七章 街道幽灵

那个黑影被汤姆击倒后，闷哼了一声，拳打脚踢地疯狂反击着。汤姆惊讶地喘着气，对手宽大的身形让他一下子认出自己的“敌人”是谁。

“乔！”年轻的科学家喊道。

“放……放开我的睡衣。头儿，是你吗？”

“是。你在这儿做什么呢？”

汤姆爬了起来，摸到开关，打开灯，随即大笑起来。这位大腹便便的厨师趴在地上，光着脚，但穿着衣服。被子在刚才的打斗中被拽下床，把乔裹在里面。

“抱歉前辈，我笑了。但是你看起来真的有些乱糟糟的。”汤姆道歉道。

汤姆把那个气喘吁吁的厨师扶起来。突然，汤姆又听见了那个在他刚走进屋子时，把他吓了一跳的奇怪的嗡嗡声。他马上转身查看，随后发出一声惊叫。

一只像鼬鼠的灰棕色小动物在椅子腿间直勾勾地盯着前

方，眼睛闪闪发光。它弓起背，就像一只受到惊吓的猫咪，它的毛全都竖起来了。

“狐獴！”汤姆喊道。

“是的。刚才就是它弄得我大喊大叫。”乔说道，“你看，你回来之前，我躺在你的床上打盹儿。我醒过来，刚踏上一节台阶时，这该死的东西就咬了我脚趾一口！”

乔一边说着，一边弯下腰愤愤不平地检查着自己的伤口。这突然的动作明显使狐獴吓了一跳。狐獴飞快地冲过来，又在乔的脚上咬了一口！

“哎哟！”这个厨师疼得尖叫出来，猛地收回脚，却失去平衡，重重地摔在地板上。

汤姆再也绷不住地笑出声来，扶起厨师，说：“乔，我知道现在笑不对，但是我真的忍不住了！”

乔坐在床上，看了看自己受伤的脚，抚慰着自己受伤的自尊心，而后怒视着那只回到原地的狐獴。

“你这讨厌的东西！”他生气地吼道。

那只狐獴怒视回来，眼里还闪着凶光，警惕地看着四周。它依旧弓着身子，竖着毛。

“当心！老朋友！”汤姆警告乔，“它可能再次袭击你！这家伙是从哪儿来的？”

“我把它带来的。”乔承认道，“它可能会是一只出色的看门狗。”

“看门狗？”汤姆迷惑不解地说道。

“给你找的，头儿——这就能抓住你之前跟我说的那条讨厌的眼镜蛇了。”

汤姆看着乔认真的表情，强忍住笑。

“乔，你考虑得真周到，但是黑眼镜蛇是一个人。你之前问我的时候，我真不应该开玩笑。”

他讲了艾姆斯从K国情报部门获得的信息。乔起初看起来很尴尬，但是他又恢复了幽默。

“如果黑眼镜蛇是一条蛇的话，狐獴肯定会是一个完美的保护者。”汤姆说道，“他们是眼镜蛇的天敌。”

乔会意地点点头说：“是的，先生，这些都是斯派克告诉我的。”

他解释道，斯派克是他的一位老伙计，之前作为游轮上的一名水手去远洋航行，现在停驻在费林岛。乔在船上和斯派克聊天的时候，谈起这条可能袭击他的头儿的致命眼镜蛇。

斯派克突然决定把自己的宠物狐獴卖给乔。这只獴是斯派克最近在航行中获得的。乔抓住机会，毫不犹豫地买下了。

“我只花了200元。”乔骄傲地说道，“我想如果这儿真的有什么毒蛇的话，那这只狐獴还是很值这个价的。斯派克跟我说，在A国没有哪家宠物店和宠物经销商卖这小家伙。”

“乔，他说的对。”汤姆赞同地说道，“你不可能在A国买到狐獴，因为把它带进A国是违法的。”

“什么！”乔像被蜇了似地跳了起来说，“你是说我把这家伙带上岸是违法的？”

“恐怕是这样的，前辈。你看，如果狐獴逃跑了，他们会成为极其有害的动物。他们会杀掉家禽和其他动物。”

“把我的六发手枪给我！我要亲自把那个海上大骗子抓住！”乔脸色铁青，怒气冲冲，又有些惊慌失措，“汤姆，我会因为这个进监狱吗？”

“一大早地没有人会抓你。”汤姆轻轻拍了拍厨师的肩膀说，“我们最好晚点儿把这只狐獴丢掉。在这之前，我先开车送你去医院检查一下伤口。”

汤姆睡了几个小时后，便回到天文观测台，研究那些轨道探测导弹所记录的数据。他正研究的时候，一阵轻缓的敲门声突然响起。

“请进！”

“我们打扰你的科学进展了吗？”

“桑迪！菲利斯！”汤姆喊道。他把滑尺扔到一边，跳起来跟他们打招呼：“什么风把你们吹到费林岛来了？”

“有个口信。”桑迪身穿十分有魅力的茶色春装，笑着对哥哥说道，“我觉得亲自告诉你，你可能会更感激的。”

汤姆咧着嘴笑着说：“说吧。”

“你还记不记得我之前跟你说过周末游船会上那位年轻的

外交官？”桑迪说道。

汤姆点点头说：“他叫德里克·斯特劳，对吗？”

“没错。他昨天晚上给我打电话，托我给你带一条重要消息。”

“为什么？我们之前又没见过。”汤姆说道。

“是没见过，但他知道我是你妹妹，也听说过你。”桑迪笑着说道，“毕竟，你也小有名气，亲爱的哥哥！不管怎么样，他说有一位信得过的伙计提出，让你和你最亲密的同伴今天下午两点到X城的泛太进口公司。这是地址。”

桑迪打开手包，拿出一张纸条递给汤姆。

“嗯。”汤姆皱着眉头，念着街道的地址，“桑迪，这份邀请有些奇怪。你确定这一切可靠吗？”

桑迪得意地笑了笑说：“我就知道你会问我这个问题，所以我查过了。”

“怎么查的——如果你不介意告诉我的话。”

“我给韦斯·诺里斯打了个电话。”诺里斯是调查局的一名特工，也是斯威夫特家的一位老朋友了。“他不仅确定了那通电话是德里克·斯特劳打的。”桑迪继续说道，“还说德里克是国务院最优秀，也最有前途的年轻人。他刚完成远东地区任务回来。”

汤姆仍想小心谨慎一些，说道：“如果泛太进口公司的人想要见我的话，为什么不直接打电话找我？”

他的妹妹耸了耸肩，看起来也有些困惑说：“汤姆，说实话我也不清楚。按德里克说的，‘信得过的伙计’或许是——嗯，从事秘密工作的人。”

汤姆仔细考虑着。“这也不是不可能。”他最后说，“也许是德里克在远东碰见的人，没有办法通过官方渠道向我介绍。好吧，我会去的。”

汤姆拿起电话，打给巴德。巴德刚从发射区急匆匆赶回来。汤姆给他说了桑迪带来的口信。

“我想说，你就是我‘最亲密的伙伴’，飞行员。”汤姆总结道，“要跟我一起去吗？”

“当然。”巴德对着女孩们眨着眼说道，“我可不想让别人偷偷陷害你，置你于危险之中。”

女孩们乘斯威夫特工程公司自制的小型客机——桑迪的“特种鸽子”飞回大陆。

午后，男孩们乘“旋转小鸭”飞去X城。“旋转小鸭”是汤姆给自己发明的飞机取的昵称，该飞机完美地结合了直升机和喷气式飞机的优点，令人赞叹。

到达机场后，汤姆和巴德叫了一辆出租车去曼哈顿闹市区。汤姆不时地瞥着后视镜。

当他们到达广场时，他小声对巴德说：“有一辆车从机场开始就一直尾随我们，但是你现在不要回头看。”

巴德瞥了一眼。“我真讨厌这些，汤姆。”他坐立不安地说，“我们不要心存侥幸，小心一点。”

汤姆点点头。当出租车在下一个红绿灯停下的时候，他快速地付了钱，然后跟巴德说：“好了，我们走！”

男孩们跳下车，砰地关上门，冲进了人流中。巴德转过头，猛地看了一眼。

“汤姆，你说得没错！”他小声说道，“那辆车上的人也下车了！”

汤姆转过身去，瞥见一名着茶色正装，身材矮胖的人在他们身后大步跑着。

他们穿过人流，跑过了几个街区，路过贩卖商品的窗口。

“他还在我们后面！”巴德报告道。

“在这个拐角转弯！”汤姆说道。过了一会儿，他把巴德拉进了黑漆漆的巷子。

很快他们便看见尾随他们的那个人匆匆忙忙地跑过，还焦急地四处张望着。巴德松了一口气，说：“哈！我们甩掉他了！”

“我们不要待在这儿！”汤姆建议道。

男孩们现在步行就能到目的地，实际上他们很快就到了桑迪写的那个地方。楼门上有一块崭新的铜牌，上面写着：

泛太进口公司

“真希望我们不是自投罗网。”巴德喃喃自语道。

男孩们爬上一节没有光亮的楼梯，来到另一扇门前，门是锁着的。汤姆敲了敲门。很快，一个女人开了门。“有什么事吗？”

“我是汤姆·斯威夫特。”年轻的科学家说道，“有人叫我过来。”

“好的，请进。”

屋中只有几件家具：一张桌子和几把椅子。男孩儿们坐下来，这位年轻的女士穿过另一扇门，消失了。过了一会儿她又回来，把门打开了。

“请进吧。”她的娃娃脸上出现了礼貌的笑容。

汤姆和巴德走进隔间后，门就关上了。他们发现这个屋子只点着一盏玫瑰色的灯，昏暗的灯光照在桌子上那一尊小青铜佛像上。

一位胡子有些稀疏的年长的男人站起身来，向汤姆鞠了一躬，说：“非常高兴能够见到你，我亲爱的斯威夫特先生。”

汤姆向他介绍了巴德，然后说：“我非常想知道您为什么叫我过来，先生？”

悦耳的电话铃响起来，这位长者接通了电话，语调平平地用外语说着什么。随后，他微笑地看向汤姆。

“你们似乎从我手下的手里溜走了，他的任务是保护你。至于你提的问题，作为回答，请收下这些。”

他给每一个男孩一个小水晶立方块。汤姆和巴德仔细地观察着，惊得倒吸了一口凉气。

每一个水晶块中雕着一条黑色的小眼镜蛇，它盘踞着，保持着时刻准备出击的姿势。

第八章 导弹突防

汤姆的心跳加快。眼镜蛇图案意味着什么呢？难道他和巴德直接进入了敌人的魔掌中？

男孩们面生疑色，这位老人连忙安抚他们说：“我知道，对于黑眼镜蛇这个名字你们并不陌生，但是不要紧张。这两块水晶是冒着极大风险才得到的，请一直带着！我们希望在你们危难的时候，它们能保护你们。”

“我们希望？”汤姆怀疑地重复着这几个字，“先生，这就是说您属于某个组织对吗？”

这位老人假装没有听到，继续平和地说：“你们可能在想，为什么要你们亲自来这儿？为什么我们不把水晶邮寄过去？”

“既然您都这么说了，那为什么呢？”巴德问道。

老人笑着说：“最重要的是这些水晶能够安全交到汤姆·斯威夫特和他的朋友手里。有些人可不想这样，所以亲手交给你们是最明智的。”

汤姆点点头说：“明白了。可否问一下您是谁？”汤姆直接问道。

“您卑微的朋友和仆人。”这位老人鞠了一躬，然后起身，按下墙上的按钮。

那位身穿绿旗袍的年轻女士马上出现。汤姆怀疑她就一直就站在门外。老人还是用同样的外语和她交谈，然后面向两个男孩。

他再次鞠了一躬，说：“见到两位是无上的荣耀。我的秘书会带你们出去。”

男孩儿们一会儿就回到了街上。“你都了解到了什么，汤姆？”巴德问道。

年轻的科学家耸了耸肩，若有所思。“至少我们知道尾随我们的人是友好的——前提是那个老人家说的话可信。”他环顾了一周后，突然表情大变，“巴德，看！它消失了！”

“什么消失了？”

“那个标志！”

门上面写着“泛太进口公司”的黄铜牌不见了。

巴德目瞪口呆，震惊不已的说：“天哪！这家公司肯定是骗子。”

“说骗子不大合适，巴德。”汤姆说道，“我想说这是为了我们好，才故意安排的。”

“希望是这样！”巴德顶嘴道，然后叫了辆出租车。当他们到达直升机场时，汤姆匆忙跑到最近的电话亭，查询了所有商业名录。

名录上没有一家叫泛太进口公司的企业！

“用骗子形容他们再合适不过了。”巴德小声咕哝道。

汤姆皱着眉头，仔细地看着他那个眼镜蛇水晶。“巴德，就我个人而言，”他说道，“我认为有人排除万难想要来帮助我们。进口公司只是为了掩饰我们会合的地点——在那位素不相识的朋友交给我们水晶后，确认没有给我们的敌人留下任何线索。”

男孩们飞回到费林岛。汤姆在火箭前哨站上的观测室给哈伦·艾姆斯打了个电话，详细地讲述了这段插曲。

“你确定这些水晶没有像桑迪的手链那样装有窃听器吗？”艾姆斯怀疑道。

“没有。我甚至用X光检查过了。”汤姆说道，“我们看到的是什么样，它们就是什么样。直觉告诉我，这些水晶体是黑眼镜蛇组织成员确认身份的秘密徽章。”

“那泛太进口公司是怎么回事？”

“最好调查一下，但是你可能调查不出什么。”汤姆说道，“那个男人和女人似乎属于某个和黑眼镜蛇敌对的秘密团体——所以他们帮我们是为了对付黑眼镜蛇。约翰·津也许和他们是一伙的。”

“听起来很合理。”挂电话前，艾姆斯补充说，“津仍在昏迷中，医生认为他苏醒的希望渺茫。”

汤姆非常希望这次的货运火箭能够穿过辐射屏障到达内斯特丽亚，所以每天他都会花些时间去监督货运火箭的准备工作。这枚火箭上覆盖了一层厚厚的用滑石棉压制的托马塞特隔离层。

吃过夜宵，汤姆走到观测室里的休息室休息，很快就睡着了。晚上11点30分的时候，巴德叫他起床，随后两人便乘坐吉普车来到了发射区。天空阴云密布，满天星辰几乎都被遮挡住了。

“我们的货运火箭穿过辐射屏障可能性是多少？”巴德问道。

“希望有很大可能性。”汤姆回复道，“这在一定程度上取决于试验导弹到达屏障边缘的时候，辐射是否比昨晚强。”

在灯光下，造型优美的火箭稳稳地立在发射台上。两个男孩往发射掩体走去，夜晚海面刮来的冷风使他们瑟瑟发抖。

迪林向他们打招呼，告诉他们和内斯特丽亚用无线电又联系上了：“这很好地证明了你的推测，机长。信号只能在前哨站晚上的时候传过去，在黎明前一小时左右我们会和他们失去联系。”

迪林的汇报使汤姆振奋起来。20分钟后，货运火箭发射升空。它在太空中穿行，向着内斯特丽亚飞去，而地面上人们在焦急地等待。汤姆用控制台上的望远镜观察到火箭穿透屏障时散发出耀眼的光芒。

“看起来今天的爆炸会比昨晚更猛烈。”巴德评论道。

汤姆担心地点点头，说：“今天火箭要撞击的地方比昨天试飞导弹到达的地方辐射更为强烈。希望额外的防护能够让它穿过屏障。”

男孩们驱车到通信办公室，等着内斯特丽亚前哨站上的人员传来最后的结果。消息传来了，不过并不是什么好消息。

“我们真不走运，机长。”地勤组长李·加利德的声音从听筒隐隐约约地传来，听起来非常忧郁，“火箭已经降落了——或者是说火箭残留的部分——它已经烧得残破不堪了。”

“火箭上的物资也烧毁了，是吗？”

“全都烧毁了。”

汤姆咬着嘴唇说：“李，这真的挺倒霉的。但是告诉你们全体人员不要放弃，我们会设法解决这个问题。”

“我们知道你会的，机长。”加利德轻轻地苦笑道，“但是请尽快。我们饿得已经前胸贴后背了。”

汤姆和巴德忧心忡忡地在黎明时分飞回了公司。斯威夫特先生也在前一天晚上结束了全球科学委员会会议返回公司。汤姆急切地想要和他讨论一下目前的情况。

两位发明家在公司主楼二人共用的宽敞明亮的双人会议厅商议对策。汤姆告诉了他爸爸最新消息后，又讲了自己在研究过探测导弹数据后所得到的令人震惊的结论："爸爸，我确信在内斯特丽亚附近的屏障是由反物质粒子组成的。"

"反物质粒子！"斯威夫特先生的眼睛里闪烁着浓厚的兴趣，"听起来真不可思议！"

"我知道。"汤姆坚持说道，"但是这是我能想到的，会产生如此剧烈反应的唯一能量形式。即使在石棉和托马塞特厚涂层的隔离保护下，货运火箭仍没能穿过去。而且，反应在导弹穿过屏障的一瞬间就开始发生了。"

斯威夫特父子曾在一次旅行中遇见了反物质。那时汤姆在非洲调查洞穴中的核燃烧，他知道了由于电荷的不同性，反物质粒子和物质中的粒子相遇后会彼此抵消。

斯威夫特先生从桌旁站起来，激动地踱来踱去。

"儿子，这对地球来说可能是一种潜在的危险。"他说道，"你说内斯特丽亚周围的反物质粒子屏障有没有可能是我们的敌人所为？"

汤姆耸了耸肩说："我想不出其他合理的解释。"

老斯威夫特缓慢地摇了摇头说："我承认我也想不出。"

汤姆推测那些粒子可能是他们敌人的飞船绕内斯特丽亚飞行时散布的。

"当然，你明白，"斯威夫特先生指出，"小行星的引力场会吸引反粒子。所以那里一定有使粒子停留的反作用力。"

汤姆点了点头，说："爸爸，我预感敌人的飞船可能已经在内斯特丽亚上安置了某种控制器来提供这样的反作用力。”

“换句话说，切断小行星与外界的联系是蓄意的！”斯威夫特先生消化完这些想法，脸色变得严峻起来，“汤姆，我们要赶紧找到应对的办法，现在的形势比以往任何时候都紧迫！”

“同意。我也是这么想的。”

汤姆拿起纸和笔，开始画着新发明的草图。这是他从费林岛飞回来的途中突然想到的。这种装在宇宙飞船上的设备能够制造一个极高强聚磁场——从而排斥那些粒子，为穿越屏障，安全着落在内斯特丽亚清出一条道路。

“嗯。这个计划很不错。”斯威夫特先生边研究着草图边评论道，“当然脉冲定时很关键。它将取决于反粒子的密度。”

“没错，爸爸。”汤姆赞同地说道，“一台取样机可以算出密度，再把该数据传到一台电脑上，由电脑得出脉冲频率。”

老科学家十分赞成该计划，拍了拍他儿子的后背说：“汤姆，我相信你已经找到答案了。工作模型最快什么时候能够做好？”

“我现在就去实验室！”

汤姆夜以继日地疯狂工作着。他在实验室旁的公寓只睡了几小时，早饭就吃点乔做的夹有香肠的烙饼，就又一头扎进工作中。

没一会儿，父亲给他打来电话，打断了他的工作。“儿子，情报局刚才给我们发来一条紧急消息。”斯威夫特先生说道，“他们让我们立刻飞往W城，讨论某件影响全国安全的高级机密。”

第九章 令人不安的报告

“你知道这高级机密是关于什么的吗，爸爸？”汤姆说道。

“除了知道它非常重要之外，我一无所知。会议于今天上午11点召开，你能走得开吗？”

“当然。”

20分钟后，汤姆在公司机场和爸爸碰面，造型优雅的斯威夫特喷气式飞机已经在跑道上准备好起飞。斯威夫特先生和一位经验丰富的飞行员负责本次向南的飞行任务。这位飞行员曾经给汤姆上过飞行课。

不久，控制塔台发出起飞的信号。喷气式飞机在白色的飞机跑道上滑行一段，随后迅速升空。

等他们到达W城机场，早已等在那里的一辆豪华轿车便载着斯威夫特父子朝情报局总部迅速驶去。沉默寡言的约翰·瑟斯顿迎接了他们，他是一位大智若愚的人。在A国受到一系列神秘地震威胁的时候，汤姆曾和他一起工作过。

“很高兴再次见到你们。”瑟斯顿热情地和他们打招呼。

“有麻烦吗？”汤姆直截了当地问。

“我们现在还不确定。”瑟斯顿带着他们走进了一间小会议室，那里已经聚集了一些官员，其中两位是情报局的专家，另一位是来自国家研究委员会的里奥·波尔弗里博士，出席的还有国防部高级研究项目组的伯恩特·阿尔格伦——他也是斯威夫特父子的一位老朋友。

瑟斯顿先向汤姆和他的爸爸解释让大家聚在一起开会的缘由：“你们可能知道，情报局一直密切关注着全世界杰出科学家的动向。”

斯威夫特父子点点头。

“最近我们收到了一系列奇怪的报告。”瑟斯顿继续说，“报告是关于一些顶尖的科学家和技术人员——来自12个或更多不同的国家——他们打算去N国。据说，他们都借休养或者旅游等为名，离开了先前的职位，之后就音信全无！”

汤姆和爸爸都震惊不已。

“你是说他们都消失了？”汤姆问道。

“可以这么说。”瑟斯顿继续说，“他们中没有一个被官方认定为失踪，但是他们的下落却是谜。他们曾在布宜诺斯艾利斯着陆过，然后他们就像从人间蒸发了一样。就我们所知，他们没有在任何一家宾馆停留，也没有访问任何大学和研究所。确切地说，我们的秘密调查现在毫无头绪。”

斯威夫特父子交换一下困惑的眼神。“这真奇怪。”斯威夫特先生沉思着说，“据我所知，那边此时没在举行什么科学会议啊。”

“对，我们也核查了。”波尔弗里博士说道，“那边确实没有会议。”

“那些人是参与了N国政府的什么机密项目吗？”汤姆问道。

“这不可能。”一位情报局的人说道，“我们核查了所有的相关人士，我们确定政府没有牵涉其中。看起来N国就只是一个聚集点。”

“我们得出的结论是……”瑟斯顿向斯威夫特父子说道，“也许要发生什么重大事情。像汤姆推测的那样，可能是个秘密项目。但是，是什么样的项目呢？项目是为了谁呢？它会影响A国的安全吗？不管怎么样，我们不想让我们的国家被弄得措手不及！”

斯威夫特先生皱着眉头说：“只是，那些未被官方认定失踪的人是谁？”

瑟斯顿瞥了一眼伯恩特·阿尔格伦。这位国防部高级研究项目组的专家把一本皮面活页小册子递给了斯威夫特父子。

“波尔弗里博士和我收集了刚刚提到的那些科学家的一切可能找到的信息。”他解释道，“我建议你先看看这些信息和数据，然后跟我们说说你们的看法。”

汤姆和他爸爸带着浓厚的兴趣，开始迅速翻阅这本册子。这里面包含着那些消失的科学家的照片以及他们的背景档案。

“我说，爸爸！”汤姆指着其中的一张照片说道，“这个家伙不是那个在巴尔的摩国际磁流体动力学研讨会上胡闹的那个人吗？”

斯威夫特先生点了点头说：“是的。弗尔南多·泽布斯基，肩膀扛着一块大芯板，指责两位来自A国国家实验室的原子科学家剽窃自己的研究论文。对于一位科学家来说，这样的心态真是令人遗憾！”

过了一会儿，斯威夫特先生翻到了一张照片，上面是一个脸庞消瘦，前额高凸，皮肤黝黑的男人。“这是阿基默德·拉吉！”他轻声说道。

“他曾卷入一家石油公司的股票诈骗案，是吗？”汤姆问父亲。

“是的。他是一位才华横溢的火箭燃料化学家，但更是一个性格扭曲的人。很明显，比起科学他对钱更感兴趣。”

关于其他人，斯威夫特只是知道他们的名字或者声誉。汤姆父子俩只在科学聚会上见过他们。像阿基默德·拉吉，就曾一度卷入丑闻中，终止了自己的职业生涯。

“真是有趣的科学人物大杂烩，不是吗？”当斯威夫特父子阅读完整本册子的时候，阿尔格伦评论道，“正如你所注意到的，他们大多是喜怒无常，性情古怪之人。”

“而且有明显的反对我们国家的倾向，至少好几个是这样的。”

“没错。”波尔弗里博士沉思地说道，“既然你提到这一点，我能看得出他们大多数要么是极权主义者，要么就对A国怀恨在心。”

“像阿基默德·拉吉，”斯威夫特先生指出，“是A国调查人员揭露了他的股票诈骗行为。”

瑟斯顿和其他情报局的人员听到这些，深感不安。

汤姆平静地说：“这些人让我突然想到，他们聚在一起可能是为了一个太空项目。”

“一个太空项目？”瑟斯顿用尖锐的目光看着这位年轻的科学家，“为什么这么说，汤姆？”

“你们看他们的专业研究领域——等离子物理学、核能、通信与遥感技术、结构工程学和天体物理学。”汤姆说，“有这样的工作团队，那真的可以摘到星星了。”

汤姆的一番话让大家震惊不已，但又十分有逻辑。

“什么样的太空项目？你有没有什么想法？”瑟斯顿追问道，“登月，有可能吗？”

汤姆摇摇头。“不对，我推测的不一样——但我希望我是错的。”这位年轻的科学家担心地停顿了一下，“我认识的一位工程学家也遇到了这样的事，他刚从N国回来。”

汤姆给他们讲了约翰·津和他的警告，这些似乎和内斯特丽亚前哨站周围致命的辐射屏障密不可分。

“天哪！”伯恩特·阿尔格伦喊道，“那么你认为N国的事可能是针对内斯特丽亚的破坏项目？”

“N国那边有可能只是个巧合。”汤姆谨慎地说道。

“要我说，那也太凑巧了！”中情局的一位职员大声说道。

瑟斯顿高度警惕起来。“这合情合理。内斯特丽亚在未来的太空战争中是个宝贵的战略前哨站。”他指出。

“而且会使其拥有者在太空竞赛中占据巨大优势。”波尔弗里博士补充道。

一群人激烈地讨论着应对的方法。当汤姆说起正在研发的新发明时，政府官员们群情振奋。他们鼓励汤姆要竭尽全力打破卫星周围的辐射屏障。

“这对国家安全来说非常重要，我确信政府会给你提供财政支持。”瑟斯顿向斯威夫特承诺道，“A国国家航空航天局和A国国防部也会给你这个项目划拨资金。”

会议好不容易结束了，斯威夫特父子被送回了机场。老汤姆决定直接飞去费林岛上监督下一枚导弹的发射。之后，汤姆返回实验室继续研究他的新发明。

天气预报说浓雾笼罩着沿海区域，所以汤姆为盲降做准备。当它们接近岛上的时候，他打开了无线电设备。

“费林进场控制。斯威夫特九号航班，”汤姆说道，“南方约48千米处。约在费林的2-2点处。完毕。”

前哨站控制塔回应道：“收到，明白。需要雷达引导吗？”

“当然。”

汤姆准备降落的时候，飞机周围翻涌着黑色浓烟。

“转航向至4-0-4。”控制塔要求道。

汤姆照办，转航接近目的地。塔台指挥人员突然发出指示：“核对你的仪表着陆系统的显示值！我们雷达位置显示你低于下滑道，位于无线电信标的左侧。”

汤姆仔细检查了仪表着陆系统的指示器和高度计。他十分困惑地回复道：“我这边显示的是正确的方——”

“快停下，汤姆！”斯威夫特先生大喊道。

汤姆还没来得及反应，下一秒飞机就失去控制，摇晃起来。飞机右侧的推举器撞到了火箭塔架的边缘上！

“仪表都失灵了！”汤姆不寒而栗。

飞机的位置比他意识到的还要低300米！马上就要撞到地面上了！

第十章 飞行的银器

汤姆猛推油门杆，全力加大飞机动力。但是碰撞塔架引起的晃动使机头急剧向右倾斜，朝右侧坠下。汤姆调整驾驶盘，同时利用左副翼来努力矫正方向。

斯威夫特父子在这艰难的时间内屏住呼吸，直到他们感觉到飞机由于功率激增开始爬升，才放松下来。

“儿子，你太棒了！”

“9号机，发生什么事了？碰到问题了吗？”塔台发出信号说道。

汤姆获取高度后沉着地回复：“执行复飞。将降落在其他机场。”

据报告，内陆那边能见度高，所以这位年轻的发明家向公司飞去。不一会儿喷气式飞机便脱离了重重大雾。当他们接近肖普顿时，汤姆向试验台的机场发射无线电信号，描述了在费林岛的碰撞事故，并请求降落许可。

“我的飞机起落架的状态应该很糟糕。”汤姆补充道，

“我希望你们帮我看看。”

请求通过了，喷气式飞机在飞机场中迅速掠过。

“飞机右面的轮子没有了。”控制台报告道，“起落架还能收起吗？”

汤姆轻击了一下开关。但是控制面板上的绿色信号灯仍然亮着，这也就表示起落架还没收起来。

“不行。继电器一定被轧住了。”汤姆看了一眼燃油表，回复道，“飞机还能再飞一个小时，燃油耗完之前我们要再试降一次。”

“收到。开始盘旋，我会提醒你是否有危险，并通知救护人员。”

从汤姆和控制塔之间的对话不难听出危险正在降临。右轮破损意味着主起落架刹车系统是无效的！

喷气式飞机在公司上方盘旋着，燃油表上的指针开始指向0，汤姆感到自己肚子上的肌肉都在紧绷着。最后他看着老汤姆说：“爸爸，准备好了吗？”

“随时都可以，儿子。”

爸爸沉着冷静的表情缓解了汤姆紧张的情绪。他拿起麦克风，说：“好吧。我要降落了！”

“收到！机长，好运！”

汤姆使飞机倾斜转弯就位，以比平时略快的速度俯冲下去。唯一的主轮降落，发出极为刺耳的声音——飞机在跑道上呼啸着前行。汤姆的额头上挂满了汗珠。

“最危险的时候还没到呢！”他想着。汤姆能够感到随着喷气式飞机速度变慢，飞机逐渐失去控制，右翼正在往下坠。汤姆努力着想要再撑一会儿，但是突然，机翼划到地面，飞机像一个酩酊大醉的人一样猛地向右方栽去。同时，汤姆的脚使劲踩着前轮制动。伴随着尖锐的声音，机身向前滑行，震动着停下——安然无事！

汤姆和爸爸两人脸色苍白，相视一笑，然后激动地握了握手。两个人都腿脚瘫软，惊魂未定。公司员工纷纷跑来，飞机事故救援车和救护车随即赶到了现场。当斯威夫特父子从飞机中走出来时，大家都欢呼雀跃。

汤姆听着那些欢呼喝彩声，淡然一笑。他很快和爸爸一起跑进主楼的办公室里。

汤姆在这儿给情报局总部打了个电话，告诉约翰·瑟斯顿他们经历的事故。“无线电人员正在检查仪器。我怀疑仪表着陆系统被蓄意破坏了。”汤姆说道，“可能是在我们开会的时候被动了手脚。”

“我们今天之内尽快查清楚。”瑟斯顿坚定地保证道。

下午三点，饥饿万分的两位科学家吃了一顿快餐——火腿奶酪三明治。电话铃响起，是瑟斯顿打来的。

“你是对的，汤姆。”他说道，“那些仪器故障是有人蓄意破坏的。”

瑟斯顿联想到大小斯威夫特坐车去开会时，有一辆有斯威夫特企业集团标识的豪华轿车出现在了W城机场。司机声称他是来帮汤姆取一封重要信件的，汤姆怀疑那封信落在他自己的飞机上了。那个男人出示了身份证件，机场的工作人员便允许他自由进入飞机。

“那个人有足够的时间来毁坏仪器。”瑟斯顿生气地说道，“我向你保证，哪怕是把W城翻个底朝天，我也要把那个人抓到！”

斯威夫特先生动身去费林岛，监控向内斯特丽亚发射货运火箭的准备工作。汤姆则乘吉普车向透明的观测台驶去，继续研究他那可以穿透屏障的设备。

一位名叫阿特·威尔特萨的年轻工程师一个小时后前来拜访。“保护层已经准备好了，机长。”他报告道。

汤姆从工作台上他一直忙碌的神奇设备上移开了目光，茫然地抬起头，问：“保护层？”

阿特咧着嘴笑着说：“你的大脑还在千里之外构思你的小发明呢！我是来向你报告雷达隐形装置的进展的。”

“哦，那个啊。”汤姆不好意思地笑了笑，“我刚才忘了，阿特。一切准备好了吗？”

“随时准备试验。我们能够用换能器生产任意数量的塑料保护层。而且以防万一，我们准备了两套控制设备。”

阿特·威尔特萨说的那个雷达隐形装置，参考了汤姆曾经发明的一套反侦察系统。那是汤姆为斯威夫特企业集团的潜艇发明的，它能够使潜艇逃避敌人的声波定位仪。撞到艇体一侧的脉冲会被吸收，并从相反的方向传送回去，这样就使得发送器收不到任何的声脉冲和反射。这次的新装置运用了同样的原理来蒙蔽敌方雷达。

汤姆突发奇想，眼睛一亮。这个保护层也许能在“挑战者号”降落在内斯特丽亚上时起到保护作用，不让未知的敌人发现。

“阿特，我们明天对此进行一下试验。”汤姆决定说，“运一套装置到肖普顿机场，把它安装到桑迪的‘特种鸽子’上。”

“好。”

汤姆给妹妹打了个电话，问她明天下午是否能驾驶飞机做一下雷达测试。

“当然可以。”桑迪回复道，“听起来很有趣！”

晚上11点，汤姆放下工作，来到观测台隔壁的房间，脱下衣服，享受了久违的睡眠。几小时后，电话突然响起。

电话是斯威夫特先生打来的。“儿子，抱歉叫醒你。但是你之前说让我告诉你今晚货运火箭的发射情况。”

“是的，爸爸。”这位年轻的科学家一下子警惕起来，“进展如何？成功了吗？”

“很遗憾，没有。火箭比第一次隔热能力好多了。”斯威夫特先生说道，“但是它还是在到达小行星的时候被烧尽了。坦白地说，我怀疑没有什么防辐射保护层能够解决这个问题。”

汤姆闷闷不乐道：“但是在我的磁偏导仪准备好之前，要不停尝试。”

“我同意，儿子。再见。”

放下电话时，天已经亮了。汤姆脑中畏绪万千，已全无睡意。于是他穿上衣服和懒汉鞋，走上天文观测台。

九点过后一会儿，乔端着早餐进来。汤姆吃着早餐，却几乎没有停下手中的工作。中午，乔推着上面装满银器的餐车，再次经过观测台门口。餐车上的刀子、叉子、勺子突然飘起来，飞进观测台！乔惊恐地停了下来。

“我的天哪！怎么回事儿？”

一会儿，厨师的眼睛瞪得更大了。只见那些银器在空中排成一道弧线，整齐地落回餐车！还没等回过神，又见这些银器以惊人的速度在空中掠过，就像一列穿梭的火箭列车！

“天哪！我一定是疯了！”乔抱怨道。

“好了！前辈，现在可以放松了！”汤姆大笑着说道。

“头儿，我刚是出现幻觉了吗，那些刀和叉子进入轨道了吗？”乔问道。

“好吧，你并没有出现幻觉，这只是磁场的一个演示。”汤姆解释道，“但是还不太稳定。”

“我完全同意！”大厨喊道。

他逐渐镇定下来，盯着汤姆工作台上那个外观奇怪的设备。它看起来像是8字形的重金属，8字上边的圈弯下，与下边的圈形成恰当的角度，一根缠了线的棍子从两个圈中穿了出来。通过两根绝缘的管子，该设备与一个盒状的大型控制台相连。

“你给这个东西取了什么名字？”乔说道，然后大着胆子走近观察这个仪器。

“磁偏导仪。”汤姆说道，“我希望它能够打破内斯特丽亚周围的屏障。当然，这只是个试验模型。”

这个忠诚的牛仔如往常一样，想要更多地了解汤姆的最新发明。

汤姆解释道，这个8字形装置有一个由特殊合金铸成的内芯，其中一部分特殊合金是来自内斯特丽亚的卢奈特合金。该设计的目的是在液氦浴中传输大量电流。

“液氦能够使合金冷却，从而不产生电阻。”汤姆继续说，“一旦电流开始通过，这个装置便能一直运作下去且不需要进一步供电。”

他说这根棍子穿过这个8字形装置时是为了使电流能够在探测器的电信号输出管中及其周围建立起一个强大的磁场。

“每次电压脉冲作用到探测器上，棍子周围就产生磁场——用你的话说，就是‘一下子射出来。’”

“就像从管子里挤出牙膏一样吗？”

“没错。而且这会排斥反物质粒子，从而给飞船扫出一条安全的道路。”汤姆的眼睛闪闪发亮，“实际上，它会在辐射屏障上面直接钻出一个洞——至少我一直是这么希望的。”

乔瞪大眼睛，充满钦佩地说道：“头儿，这听起来就像是有了一张门票！”

汤姆的下一项工作就是做出磁偏导仪的原尺寸模型。在做这个之前，他非常想测试一下雷达隐形装置。他和阿特·威尔特萨交流了一下，便给桑迪打了个电话。

“已经整装待发，先生。”妹妹咯咯笑着说，“菲利斯跟我一起去，我们20分钟会到机场。”

几分钟后，汤姆走到通信办公室。巴德、阿特·威尔特萨和汉克·斯特林已经飞快地赶来观看这次试验。精力充沛但沉默寡言的汉克·斯特林是斯威夫特企业集团的总工程师。

汤姆将无线电调到一个特定频率呼叫桑迪，其他三个人站在旁边。“汤姆呼叫‘特种鸽子’。能听到吗？”

“亲爱的哥哥，非常清楚。”

“开始起飞。雷达定位前，保持各项仪器处于关闭状态。”

“明白，先生！”

没过一会儿，桑迪报告自己正在上空盘旋。当公司的搜索雷达尝试确定她的位置时，汤姆指示她打开反雷达装置，按秘密航线飞行。片刻之后，雷达屏幕上的光点消失。

从无线电报告获知雷达隐形装置似乎十分有效后，桑迪和菲利斯都兴奋不已。

“真有意思啊！”菲利斯开玩笑地说，“最后我们终于被他们追上了——尽管只是在雷达上！”

两个女孩带了快餐，还是热的。

“我们让他们纳闷一会儿。”桑迪调皮地说道，“把无线电关掉，别告诉他们。我们降落去吃午餐吧。”

桑迪熟练地把小飞机降落在林边的一块空地上。打开篮子的时候，女孩们注意到空中有另一架飞机向这边飞来。片刻之后，飞机向下俯冲，迅速降落在“特种鸽子”附近，这令她们大吃一惊。

两个男人下了飞机，大步向桑迪和菲利斯走来。其中一个体格健壮，灰发剪得很短，持枪瞄准两个女孩。

第十一章 尖峰时刻

“斯威夫特小姐，雷达追踪不到你的飞机，真是太方便了！”男人的声音有些低沉，略带口音，“你哥哥绝想不到你在这儿降落，否则我们起飞的时候他就能追踪到这架飞机了。”

桑迪和菲利斯恐惧地交换了一下眼神。“他——他们听见了我们的无线电对话！”菲利斯害怕地轻声说道。

“说得对。”持枪的人冷笑道。

突然，桑迪注意到飞行员是一个迷人但冷酷的女人，她正站在敌人飞机的机舱门口看着这边。

“你究竟是谁？”桑迪问那个男人。

“我的枪就是你要的答案。绑住她们的手，尼克！”

女孩们本能地抓紧彼此往后退。那名枪手的伙伴狠狠抓住她们的手腕，把她们拽了过来。

“不许耍花样！”他咆哮着说，“老实点。”

他瘦高精壮，脸上有一道伤疤，可能是事故留下的。女孩们意识到反抗是徒劳的，便乖乖让他们绑着手。随后她们走向敌人的飞机，被推了上去。

“跟着我们走，但别跟太紧。”持枪人对他的伙伴说道，“注意是否有跟踪。”他的头略微转向女飞行员，一边补充道说：“情况紧急时，你妻子能驾驶那架飞机吗？”

那名叫尼克的大笑起来，声音十分刺耳，说：“弗里达在机舱里除了不能爬树，什么都能做。”

“很好！”

这名枪手上了飞机，锁上了舱门。尼克离开，向“特种鸽子”大步走去。很快，飞机便载着两名被俘的女孩向西北方飞去。

桑迪的眼里充满着愤怒和自责，为害得自己和菲利斯陷入困境而懊悔不已。“要是我告诉汤姆我们在降落——还有降落的地点就好了！”她想道。

为了让自己保持冷静，桑迪专心看着下面的地形。她留意着陆标，希望能够记住她们的航线。

飞机现在飞到了某个区域上空，这里地形崎岖，树木繁茂，能看到一些村庄和高速公路。

没过一会儿，飞机开始向一个蓝色的湖泊俯冲。该湖泊位于一个树木稀疏的峡谷，被推土机推平的飞机跑道沿着海岸延伸着。驾驶员降落时，桑迪看见了附近有一个破旧的小屋。

“我们租的藏身之所，”那个大块头男人说道，“还挺不错的，是吧？”下飞机的时候，他向天空扫了一眼。“哈！尼克也到了。”他松了口气，喃喃自语道。

“特种鸽子”平稳地降落在狭窄的跑道上，尼克大步走来，加入了他们的队伍。“好了，我们下一步干什么？”他问道。

另一个男人指着小屋说：“你和弗里达把那两个女孩弄进去，我去检查一下反雷达设备。我们可不能因为这架偷来的飞机被抓。我们必须把它丢在这儿，或者毁掉，所以我最好做好完整的记录，画好图纸。”

女飞行员抓住桑迪的胳膊，拉扯着这两个俘虏向小屋走去。但这时，桑迪挣开束缚，朝着枪手跑去。

“你准备把我们怎么样？”她质问道，“我得提醒你一下，在这个国家绑架罪是最严重的！”

桑迪希望自己的话能够诱使这个枪手说出他的国籍。

但是这个枪手只是笑笑。“告诉你也无大碍，斯威夫特小姐。”他说道，“你哥哥就要被杀了。这是处理掉我们计划中妨碍的最好办法。但是现在——”

“什么计划？”桑迪打断道。

“斯威夫特父子到时候就会知道的。这期间，你们将作为人质被带出境，直到你的哥哥配合我们。”

菲利斯棕色的眼睛里满是戒备。“你说的是什么意思？”她问道。

“汤姆·斯威夫特拥有太多有价值的科学机密了。他活着的话对我们非常有用——但前提是我们能说服他为我们工作。”持枪人说道，“我猜为了你们的安全，他会很愿意和我们合作。”

“你错了！”桑迪愤怒地吼道。

小屋在大约50米外，四周是树木和灌木丛。桑迪和菲利斯被推搡着向小屋走去，她们很气愤，但沉默不语。那个女人打开门，把她们推了进去。

这个小屋只有一个房间，里面摆放着一张破旧的桌子、几把椅子、一盏油灯和一个锈迹斑斑的炉子，还有两张小床。

尼克朝两把椅子一指，对两个女孩说道：“你们两个坐在这儿。”便没精打采地拖过一把椅子坐下了。他的妻子则点着炭火开始煮咖啡。一小时后，灰发男人终于进来了。

“搞定了。我已经把反雷达装置上的数据全部弄到手了。”他说道，“我们最好尽快把飞机处理掉。”

女孩们被推搡着出了屋子，桑迪对菲利斯小声地说了几句安慰的话。

但菲利斯几近绝望。她们要被带到哪儿？汤姆没有线索，怎能指望他来解救她们呢！

一会儿，从他们身后传来喘气声、扭打声和拳脚声。桑迪马上转过身看，立刻兴奋地喊道：“汤姆！”

女孩们几乎不敢相信自己的眼睛。两个男孩一开始躲在外面，在绑架犯走出小屋时，便出其不意地扑了过去！汤姆抓住大块头的手腕，将他的胳膊扭到后背，迫使他把枪扔掉。巴德在和尼克过招。

弗里达冲过去要帮助丈夫。桑迪伸出左脚把她绊倒在草丛上。

“你这个混蛋！”弗里达气得火冒三丈，脸色通红。

弗里达挣扎着站起来，又扑向桑迪。菲利斯马上如法炮制，那个女人再一次被摔倒在地。与此同时，她的丈夫重重地挨了巴德的一记上勾拳。

那边汤姆正猛击对手的腹部。灰发男靠着墙，痛得直不起腰，汤姆夺下他的枪，他瘫倒在地上。

尼克准备再一次向巴德冲去的时候，汤姆大声喊道：“不许动！”

尼克看到汤姆手中的枪，只能愤怒而又绝望地停下。他的一只眼睛红肿、乌青。

“这么快你就拿到枪，汤姆，不过瘾。”巴德说道，“我还想再给这个家伙送个黑眼圈！”

汤姆命令这三名绑架犯面对小屋的墙站着。“把手举起来！”他厉声命令。

巴德给桑迪和菲利斯松绑，用同样的绳子和一些结实的藤蔓将三名绑架犯的手绑了。女孩们松了一口气，感到浑身无力。

“你们是怎么找到我们的？”桑迪问道。

“你们的无线电没有回应，让我们很担心，所以我用了太空探测器。”汤姆解释道。

“太空探测器！”桑迪松了一口气说道，“谢天谢地！我们从来没有想到这个！”

“‘特种鸽子’表面的保护膜致使雷达找不到它，但是幸运的是，这并不妨碍探测器通过无线电波绘制图像。不管怎么说，”汤姆继续说，“我们最后追踪到你们的飞机，但是你们两个却不在里面。随后发现你们旁边还有另一架飞机，就是你们上的那一架。我们便觉得这里面有蹊跷。”

核查了多个地标后，男孩儿们追踪到了这两架飞机。随后，他们和汉克·斯特林驾驶“旋转小鸭”追赶过来。

“我和汤姆把飞机停在山的另一侧。”巴德说道，“当那位灰发枪手快速检查‘鸽子’的反雷达设备时，我们偷偷地溜进树林。”

汤姆正用一个铅笔大小的小型无线发射器给汉克·斯特林发信号。

发完后，转向那些女孩儿说：“我觉得你们两个也应该解释一下。”

桑迪羞愧地讲了她的恶作剧。“这是我的主意。”她承认道。

汤姆咧嘴笑了，然后给了妹妹一个安慰的拥抱说道：“下一次你们两个人饿了的话，就直接说出来。我们会很高兴请你们吃午餐。”

“我保证！”桑迪真诚地说。

“我也是！”菲利斯说道。

“旋转小鸭”已在山谷上方盘旋，没过一会，汉克把飞机降落在简易机场。他们带着罪犯，分乘三架飞机飞回了肖普顿。

桑迪和菲利斯先回家了。汤姆和巴德则在警察局里的一位老朋友——斯莱特局长的帮助下审问了这三名绑架犯。

他们一句话也不说。那个年长的男人没有身份证明，看起来情绪十分消沉。那对夫妇的飞行驾照写着，他们一个叫尼克，另一个叫斯普林特。

“我们无话可说。”尼克咆哮道，“请给我们找一位律师。”

“你们确定需要一名好律师。你们可是犯了绑架罪！”斯莱特局长生气地说道。

将罪犯登记完并送进关押室后已经六点。汤姆开车把巴德送回家后，他们想要弄清楚那三个人在整个事件中所担当的角色，结果却一无所获。

晚餐后，男孩们便飞去了费林岛，希望观察运载箭飞往内斯特丽亚的过程。

这一次依然不尽人意。掉落在内斯特丽亚上的时候，火箭和货物都烧毁了。

“我们的人越来越虚弱了，机长。”加利德用无线电说道，“这已经是第五天了。”

汤姆结束无线通信后，转向爸爸：“我们不能就这么等着我完成磁偏导仪。我要试试其他的救援方法。”

第十二章 黑色太空船

“儿子，你想到什么主意了？”斯威夫特先生问道。在内斯特丽亚上的人处境越来越危险，这让斯威夫特先生深感焦虑，但是他努力保持着冷静。

“我要给我们的外星朋友打个电话，请他们帮帮忙。”

汤姆的话燃起了在场人的希望。

“你说得对！”斯威夫特先生一手握拳击了一下另一只手的掌心，“他们一定经历过其他类似的困境！”

巴德笃信地点点头说：“要不是他们让我们及时把挑战者号停下，我们就直接撞上辐射屏障了！”

“而且不要忘了，”汤姆一边打开太空解码器，一边补充道，“他们可是把内斯特丽亚送进地球轨道，还让它拥有了人造重力的人。因此，他们或许有我们想不到的办法！”

他开始给神秘星球的居住者们发送消息。一如既往，消息必须完全被编码成纯数学符号。

他们等待着回复，巴德一直坐立不安。斯威夫特先生在屋内来回踱步。汤姆信手涂鸦着要安装在“挑战者号”上的磁偏导仪草图。

提示音一响，每个人都紧张起来。汤姆冲到机器前，巴德和斯威夫特先生紧随其后。机器“咔嗒咔嗒”地在纸上打出一条消息。上面写着：

我们仍然在研究那个危险屏障。目前还没有解决办法。

巴德站在汤姆身后，越过他的肩大声地念着，随即失望地发出一声叹息。

“等等！还有消息！”汤姆大声喊道。

纸上继续写道：

让那些在“幽灵卫星”上的人们去增能器室下方的悬崖底部搜索一下，在那里找到物质资源的洞口，从而维持生命。

“物质资源的洞口？”巴德迷惑不已地看着纸条，“这是什么意思？”

汤姆皱着眉头说：“我也在猜呢，巴德。爸爸，您有什么想法吗？”

“嗯，我们一点点来看。‘物质资源’可能指的是一个矿山。‘洞口’应该指的是矿的入口。”斯威夫特先生抚着下巴，“但是我必须承认，我想不出来在矿中能找到什么物质来维持生命。”

“我也想不出。但我认为您说得对，爸爸。悬崖脚下的矿山入口，听起来还挺合理的。”汤姆兴奋地说道，“不管怎么说，咱们先把消息发给内斯特丽亚上的人！”

汤姆花了很长时间来给那些外星生物发送了一条确认和感谢的消息，与此同时，无线电通信员再次呼叫小行星。

“机长，那边出事了！”没过一会儿，无线电通信员说道。他认真地听着耳机里的消息，汤姆就站在他身旁。

“什么事？”

“让加利德亲自和你说吧。”

无线电通信员拨弄了一下开关，内斯特丽亚前哨站地勤组长的声音便通过扬声器传出来。

“雷达检测人员在雷达监视器上发现了物体。”李·加利德报告道，“还不清楚是什么，但它似乎在绕着我们的小行星飞行。”

汤姆拿起麦克风，和爸爸还有巴德兴奋地对视了一眼。

“李，尽快查清楚通知我们。”他说道，“同时，我有一些消息要告诉你们——我希望是好消息。”汤姆把那些外星生物的建议重述了一遍。

“增能器室？”加利德有几分困惑地重复道，“你是指——”

“我和巴德发现小行星引力装置的那个悬崖。”汤姆解释道，“你可以在内斯特丽亚的地图上找到它的准确位置。这个矿山入口——如果它是真的话——就一定在悬崖底部。”

“好的，机长！我们会找到它的。”加利德的声音突然停顿了，“等一下！我跟你说的那个物体正在接近我们的前哨站！”

那条消息让汤姆和在通讯室内的其他人震惊不已。他们聚在一起，焦虑不安，沉默不语。加利德的声音终于再一次从扩音器中传过来：“那是艘宇宙飞船——黑色的宇宙飞船！我们打算用探照灯照一下以便看清楚，机长。”

“知不知道是哪个国家的飞船，或者它是从哪儿来的？”斯威夫特先生问道。

“不知道。飞船上面没有标记，我们辨认不出来。”加利德回复道，“很明显，宇宙飞船上的人一直在侦查我们前哨站的情况。”

“你们试着联系了吗？”

“无线电工程师用另一台设备尝试了一下，但是飞船没有回应。”

“它的航向是什么？”汤姆对迈克说道。

他们听到加利德询问无线电工程师。“向外。”一会儿，他汇报道，“可能是在返回地球的途中。”

汤姆兴奋不已地说：“告诉无线电工程师继续且尽可能地追踪远些，观察其动向。我们和太空瞭望塔也会继续追踪。同时，李，你去查一下那个矿。完毕。”

“收到！”

“天哪！”巴德吼道，“你认为那些人来自哪儿？”

“我们会查明的——我希望！”汤姆冷静地说道。

他命令无线电人员通知太空瞭望塔的肯·霍顿。随后他拿起电话，打给仍在雷达追踪中心的乔治·迪林。汤姆急忙告诉他关于黑色宇宙飞船的事情并补充说：“我们可能很快就和内斯特丽亚联系不上了，所以尽快弄到飞船航线的雷达点。”

“好的，机长！”

“我想让你和肯追踪它进入大气层直到回到前哨站的全过程——确切地说，如果它真的朝向地球飞行的话。”

早上，斯威夫特父子和巴德聚在岛上的雷达追踪中心。昨夜所有人不眠不休，眼里都透着疲惫，但结果令他们欢呼雀跃。尽管困难重重，费林岛和太空瞭望塔依然坚持追踪那艘引起大家警觉的神秘飞船。

“让我搞不懂的是，它是怎么穿过辐射屏障的呢？”巴德大声说道，“你知道他们的人是怎么做到不爆炸的吗？”

“我想汤姆知道答案。”斯威夫特先生回复道，“可能是他们早就安装了控制设备。”

汤姆点点头说：“这些宇航员一定能够调节屏障的强度。这就解释了为什么黑色宇宙飞船要离开内斯特丽亚的时候，无线电信号能够非常清楚地传过去。”

巴德生气地说道：“那就是说那艘飞船上的人制造了‘小月亮’周围的屏障。”

与此同时，迪林正在电脑旁忙于处理来自太空瞭望塔和火箭前哨站雷达的数据。

“好了，这就是飞船降落地点的经纬度。”他说道。迪林仔细地查看着墙上的大地图，然后指出一个点。

“N国！”汤姆喊道。

黑色太空飞船曾返回地球，降落在N国湖南边的某个地方。

“爸爸，这就是我们需要的证据！”汤姆激动地喊道，“也就是说，A国情报局所担心的N国事件和我们在内斯特丽亚上遇到的问题存在某种必然的联系！”

“这一点毋庸置疑。”斯威夫特先生赞同地说道，“但是我们现在依旧一头雾水，不知事情背后到底隐藏着什么阴谋。”

汤姆目光坚定地说：“一定有办法查清楚。我要驾驶着‘蓝天女王’去一趟，亲眼看看那边到底发生了什么！”

“好的，儿子。但是不论发生什么事情，三思而后行。记住，我们碰到的这位死敌有着丰富的科学资源。我不用说你也应该知道，我们承担不起引起国际争端的责任。”

“不用担心，爸爸。我自会万分小心。”

斯威夫特父子和巴德快速地吃完早餐后，一起飞回了公司。汤姆简要地和爸爸讨论了磁偏导仪的一些细节，同时斯威夫特先生保证立刻开始建造一个全尺寸模型。

一小时后，巨大的飞行实验室从专用跑道上快速升空。和汤姆、巴德一起去的还有三人，分别是汉克·斯特林、乔·温克勒和阿维德·汉森。阿维德·汉森身材魁梧，身高1.8米，是汤姆最信任的员工。他的特殊才能是他对飞机机轮的了解，就像用螺旋测微器来测量精致的加工件一样精确。

“蓝天女王”在强大的原子能驱动下，闪电般地向南飞去。在滚滚云层下，飞行实验室上的人们看到蔚蓝的大海，一望无际的绿雨林，以及连绵的山脉。在飞行中，汤姆和巴德熟睡时，汉克和阿维德分别担任了驾驶和副驾驶。

当他们到达南部时，飞行实验室在山脉的斜坡上方逐渐下降，转向东飞行，进入一大片平原。

他们飞过平原时，巴德看了一眼地图说道：“N国。”

汤姆点点头。“浸在其中的冰一定是莫雷诺冰川。”这位年轻的发明家放慢速度，沿着山脉向南侦察，“这大概就是那个位置了。”过了一会儿，他宣布道。

“嘿！下面是什么？”阿维德惊奇地问道。汤姆驾驶“蓝天女王”俯冲下来，察看那座耸立在峭壁上的石头城堡。他拿起望远镜，心无旁骛地研究着城堡的结构。汤姆还没来得及发表意见，飞船就突然开始震动。

阿维德手扶着额头，痛苦地呻吟着，巴德也是这样。而汉克此时浑身颤抖着，紧闭双唇。汤姆竭尽全力控制飞机，但是他的头疼得要裂开了一样，而且伴有晕眩恶心。

“怎么了？”巴德惊愕地喊道。

第十三章 敌人据点

“我们发现了敌人的基地。”汤姆咬紧牙关忍着疼痛说道，“果然不出我所料，他们刚才向我们发射了超声波！”

此时，“蓝天女王”的机舱温度明显上升。汤姆脸色苍白，满头大汗。

汤姆忍受着痛苦，猛踩油门加速，飞行实验室向大雪覆盖的山峰西侧飞去。没一会儿，令人心惊胆战的震动逐渐消失了。

飞机在云层间平稳飞行，汉克·斯特林用手绢擦拭着额头。“小伙子们！”他轻声说道，“这震动有点太强了，我快昏过去了！”

“一直震动，真是挺难熬！”阿维德说道。

乔从厨房里走出来，脸色微青。“我的天哪，我都快被颠死了。”看到其他人的表情，他停了下来问道，“你们看起来跟我感受到的一样啊。汤姆，怎么回事？——就是刚才的震动引起的吗？”

“不仅是因为震动，乔，还有超声波。”

厨师看起来既困惑不已，又如释重负。“感谢老天，我们不是吃坏了东西恶心的！”他说道，“不然我就不能再做好吃的了。”

汤姆不禁笑出声来，然后开始给他解释。“那个基地的布局并不像宇航中心或发射基地，”他继续说道，“但是那里的秘密一定很多。不过他们应该没有发现我们，发射超声波应该只是为了使人远离而设置的常规防范措施。”

“好吧，我们再回去看看。”巴德勇敢地说道。

乔有些惶恐不安。阿维德·汉森补充道：“如果他们发现我们了，用得就不是超声波了，而是更厉害的东西。”

“可能是这样的。那些家伙们可能只是在赌。”汤姆赞同地说道，“说实在的，超声波束会造成飞机坠毁。”

“机长，你有什么计划？”汉克问道。

汤姆思考了一会儿，说：“我们再回去一次，但是这次我们试着降落在超声波范围外的某个地方，之后徒步侦察。”

以防敌人用雷达追踪飞行实验室的航线，汤姆继续向西飞行。过了一会儿，飞机改变了航向，向偏南一点的方向飞去，然后折返，渐渐接近敌人的基地。他们用大山作掩护，小心翼翼地低空飞行。最后，汤姆打开飞船的推举器，垂直降落在一块狭窄的高地上。

年轻的科学家解开安全带，这时巴德坚定地说：“汤姆，我跟你一起去。”

“好。其他人就待在这儿，保持警惕。”

“机长，你也是！”汉克·斯特林担心地说道。

两个男孩下了飞船，开始向那个神秘的石头城堡走去。他们用手抓着灌木以及裸露在外的石头以防坠落，慢慢爬下陡峭的石崖。石崖下面有个浅浅的峡谷，巨石林立。艰难地穿过峡谷，汤姆和巴德爬上了一个长着小松树的陡峭山脊。

山上的树木渐渐稀少，最后变成零星点缀些野花的杂草丛。一群栗色骆驼似乎被这两位登山者惊吓到了，跑到安全距离外。这些毛发浓密的动物用警惕的眼神看了看两个入侵者，一会儿就继续吃起草来。

“那些家伙不信任我们。”巴德咧着嘴笑着说道。

过了山脊，地势陡然下降，然后又趋于平坦，最后又是一个悬崖峭壁。两个男孩走得气喘吁吁。

巴德小声地吹了一声口哨，说：“看那城堡！”

这座石头城堡高墙环绕，矗立于峭壁的裂缝中。从城门起，有一条路曲曲折折绕过岩石进入下方的峡谷。

“我想知道它是怎么延伸到那儿的。”巴德迷惑不解道，“这看起来不是新建的。”

“也许是哪位殖民统治者建立的。”汤姆猜道，“但我想知道现在是谁在用这个地方。”

这位年轻的科学家用望远镜观察了这座城堡。但没有任何明显的生命迹象。峡谷的地面看起来也极为荒芜，没有生机。

汤姆目光牢牢锁定在两根盘状的天线上。它们矗立在角楼上，十分显眼。其中一根慢慢地旋转，明显是一个雷达扫描仪。另一个，汤姆确信它装有超声波转换器。

“希望我们进来的时候高度足够低，这样‘女王’就能藏于山坳，不被他们的雷达发现。”他担心地小声说道，“我真讨厌——”

汤姆的话被背后突然响起的一声厉喝打断了。

“起来！”

男孩们惊慌失措地僵在那里，心脏怦怦直跳。他们慢慢抬起身子，环顾四周。在离他们20米处，有两个男人怒视着他们，并用手中的自动步枪瞄准他们。其中一个男人皮肤黝黑，蓄着络腮胡子，另一个胡子刮得干干净净的。他们都戴着帅气的军帽，身着草绿色的军装。

“起来！”留有络腮胡的男人重复道。

“他们想让我们站起来。”汤姆翻译道，“我们最好照做。”两个男孩站起身来。

“你们在干什么？”络腮胡男人威胁地问道。

“他想知道我们在这儿干什么呢。”汤姆说道。

年轻的科学家脑袋转得飞快。突然他灵光一现，向这个男人征得同意后，把手伸进兜中，掏出X城那位神秘人送的水晶眼镜蛇，然后小声对巴德说让他也这么做。

两个男人看到水晶后十分惊讶，怒气立刻减退，放下了他们手中的步枪。

“非常抱歉，朋友们！”络腮胡男人的手碰着帽子敬了个礼，抱歉地笑着说道，“你们为什么不早点告诉我们，你们是这个组织的？”他说道。

这么说他的猜测是正确的，汤姆心想道。眼镜蛇水晶就是敌人组织成员携带的秘密徽章。

“你没有给我们机会说。”汤姆回答道。

络腮胡男人耸耸肩。汤姆还没想出下一步怎么办时，那些守卫说：“来吧！我们护送你们去基地！”

男孩们惊惶不安，但也找不到任何不引起看守怀疑的拒绝方法。汤姆轻声说：“我觉得我们最好继续扮演下去。我们已经用眼镜蛇水晶骗住了这些家伙们——我们或许能一直幸运下去。”

“如果不能呢，我们就会落入虎口了，伙计！”巴德焦虑不安地轻声说道。

守卫们把步枪挂在胳膊上，带领着男孩们沿着悬崖向狭窄多石的河谷走去。这儿有一条隐秘的小路通向据点。络腮胡男人走在前面，他的伙伴走在最后，汤姆和巴德走在中间。

历经20分钟的艰难跋涉，他们到达了城门前。前面的守卫通过墙上的电话说了什么，城门便无声地打开了。一群人进了门，穿过庭院。这里的武装守卫穿着同样的绿色军服，在庭院周围站着。男孩们和他们的护送者要进去的时候，两个守卫为其打开了内堡的大门。

他们来到一个高拱顶，用石头砌成的大厅中。但是汤姆和巴德几乎没有时间环顾四周，就立刻被带到了一位大人物面前。他从大桌子的后方走过来见他们。

那个人约有1.8米高，像一只丛林猫那样既柔软又强壮，身穿整齐合身的黑色制服，佩戴金色穗带。他几乎剃光了头发，只留下一条乌黑的短辫子垂在一侧。他的绿眼睛像两颗玛瑙，微微斜视，别有深意地仔细看着这两个男孩。汤姆认为他是混血。

“阁下，这是新来的。”络腮胡守卫说道，“每个人都配有徽章。”

“啊，那么？”高个子男人伸出手。

汤姆局促不安地拿出了眼镜蛇水晶，巴德也拿出了自己的。其他身穿黑色制服的人，尤其是领导者的私人保镖，无声地看着。

高个子男人拿起水晶，仔细地检查着，然后看着男孩们，眼神里闪烁的满是嘲讽。

“有意思。”他低声说道，“尤其是自从我们组织内两名成员的水晶被偷后。”

突然他快速向上挥动了一下手指，还没等汤姆和巴德反应过来，守卫便冲进来制伏他们。

男孩们的手腕被紧紧捆住，高个男人转过头，冷血地尖声大笑。他看向汤姆，开心地摇晃着。

“你没有想过，像你这么出名的发明家，照片早已印在报纸上而被人熟知了？”他嘲弄地问道。

高个男人又尖声地大笑了一声，补充道：“欢迎，汤姆·斯威夫特——欢迎来到黑眼镜蛇老窝。”

第十四章 可怕的考验

黑眼镜蛇！汤姆感到后背一股凉意，他和敌人终于面对面了！

“看起来我们是自投罗网了。”汤姆说道，尽力保持自己的声音平静。

“我真是太幸运了！”黑眼镜蛇得意扬扬地笑着，整个人倒在他那张大桌子后面的转椅上。汤姆注意到桌子上嵌着许多按钮和开关，就像一台内置电视。

“那么内斯特丽亚上的隐形屏障是你制造的？”年轻的科学家问道。他希望黑眼镜蛇一直说话，说不定可以弄清楚敌人的真实目的。

“完全正确！正如你猜测的那样，那个致命的反物质粒子屏障是我制造的。”眼镜蛇冷漠的眼睛里闪着自豪的光芒，他继续说道，“顺便说一下，这些粒子就是在我自己的原子研究所生产的，就在我们脚下300米处。谁能想到群山中隐藏着世界上最大的粒子加速器！”

汤姆对此敬佩不已。生产反物质不仅需要强大的设备，还需要最顶尖的科学技术。

“我还是不大明白，你为什么要用屏障罩住这颗小行星呢？”汤姆试探地问道。

黑眼镜蛇勾起嘴角，狡黠地笑着说：“除了动用武力外，你能想到其他更好的方法来接管小行星吗？”

“接管？”巴德勃然大怒，“听着，先生，内斯特丽亚是属于A国的！你现在不能接管，以后也不行！”

“请允许我不同意您的观点。”黑眼镜蛇说道，“斯威夫特企业集团之前不停发送那么多救援火箭穿过屏障——都失败了。你们政府发射的导弹也没什么用，而且你们在小行星上的前哨站的人员现在已经快饿死了。很快便没有什么可以阻挡我登上内斯特丽亚，并占有它了。”

这样的前景让汤姆深感不安，但他努力不让这样的情感流露出来。

“那是海盗的行径——太空海盗！你绝不会逍遥法外的！”年轻的科学家声色俱厉地说道。

“海盗？”黑眼镜蛇讽刺地挑起眉毛，“你要学习的还多着呢，我年轻的朋友。海盗是通过武装力量来夺取一艘船的。但是无论怎么说，接管一个被遗弃的地方是不犯法的。”

“在国际法中，谁给一艘被遗弃的船安装上拖索，那它就属于这个人。这个绕地球飞行，且无活人的小行星内斯特丽亚，就是一个被遗弃的地方。”

巴德恐惧地看了一眼汤姆：“他说得对吗？”

“我只能说在国际法庭审理之前，这是合法的。”

黑眼镜蛇轻声笑道：“审理的过程需要好几个月呢——我有足够的时间把内斯特丽亚卖给出价最高的国家。”

他停下来，从桌上的一个盒子中选了一根雪茄，然后把雪茄装在一个金烟嘴上。这时一名守卫马上过来，点着了打火机。

“如你所知，许多国家都愿意出高价买下这个地球上方的前哨站。”黑眼镜蛇继续说道，“这个前哨站能够转化为战略优势。再补充一点，他们可是国家，并不在意国际法庭判决结果的国家！”

“不要指望内斯特丽亚就这样束手待毙。”巴德生气地反驳道，“那个屏障并不是你想象的那样不可逾越！”

黑眼镜蛇眼眯成一条缝，露出邪恶的眼神，转身对汤姆说：“我早就知道你们父子俩是个危险的存在。我本希望你会径直飞向内斯特丽亚，被反物质屏障炸毁。希望破灭后，我还试图用其他方法除掉你们父子俩。”

“是你们破坏了我们飞机的高度计吗？”

“没错。不过现在你们两个成了我的人质，事情就简单了许多。”

汤姆冷冰冰地说：“我们已经准确定位到你的基地了。如果我没有回去，我的父亲就只能通知N国政府来攻打你们的据点。”

“坦白说，我对此还真有点怀疑。”黑眼镜蛇掐灭了香烟，“相反，当你爸爸知道你成了我的人质，我想他应该很高兴放弃与我作对，也会放弃救援小行星前哨站上的人。”

汤姆轻蔑地大笑道：“那只是你的想法。”

“没错，这是我的想法。”黑眼镜蛇赞同地说道，“因为我会通知他，如果斯威夫特企业集团又不听话，你就会被弄死——而且是非常可怕的死法。这段时间，你也别浪费了你的聪明才智。你有那么多无价的发明机密，我打算从你那里获取对我有用的全部科学资料。”

“如果我不合作呢？”

“对你来说，那将是最不幸的。”

汤姆冷冷地看着黑眼镜蛇。

“我想或许还需要一些说服力。”黑眼镜蛇对着一位守卫说道。那个男人走出房间。不一会，他带着一个用柳条盖着的小篮子回来了，把它交给了他的主人。黑眼镜蛇打开盖子，从中取出了一条蛇。

这个家伙呈深棕色，脖子从一处开始慢慢变粗，黑眼镜蛇用手攥住了这个部位。从它头部眼镜状的斑纹，汤姆和巴德认出这是一种眼镜蛇！

“或许，你们已经很熟悉这种眼镜蛇毒液的威力了？”黑眼镜蛇说道，“这种毒液是一种致命的神经毒素，它会麻痹你的神经。受害者会死于窒息或者心力衰竭。”

“当然，这种毒素有解药。”黑眼镜蛇继续说道，“但如果我们没能及时施救的话，那真是太遗憾了。”

看到那个男人将眼镜蛇披在汤姆肩上时，巴德惊恐得快要窒息了。但年轻的科学家面无惧色。

那条蛇绕着汤姆的左臂缓慢地爬行，然后向上从他的胸前爬过。汤姆就像一尊雕塑一样站在那里，一动不动。那条蛇停下来，它的头在汤姆的脸旁前后晃动着。渐渐地，它膨胀的脖子缩回正常大小，然后盘绕在汤姆的肩膀上，温顺地休息了。

黑眼镜蛇的眼睛不情愿地透露出赞赏之情。“好极了！真是展示了你非凡的勇气。”他拿走眼镜蛇，把它重新放回篮子里。

“我想这个考验已经够了。但是让我再补充一点，我是蛇毒方面的专家。观察蛇毒产生各式各样的症状十分有趣。也许你也想在你的朋友身上看到这些症状，嗯？”

巴德和汤姆他们恐惧地看了对方几眼。黑眼镜蛇密切地观察着他们。

“这事儿将来会发生的，我亲爱的汤姆·斯威夫特。”他继续说道，“如果你继续固执的话。目前已经够了！我还有很多事情要做。我必须给你们一些时间去考虑一下我说的话。”

他对两名带着汤姆和巴德进入基地的守卫做了一个手势。

守卫们便用步枪托顶着男孩们，带他们走出屋子，进入一条狭长的石道。随后，被枪顶着的男孩们踏上了许多台阶，拐进了另一条走廊。在这儿的另外一名守卫解开了他们的手，把两个俘虏粗鲁地推进一间牢房。后面的钢门砰的一声锁上，随后他们听到钥匙插入锁孔的声音。

“我的天哪！”巴德靠在墙上说，“汤姆，他把眼镜蛇放在你身上的时候，我都快晕过去了。你怎么能那么镇定呢？”

“镇定？我被吓得毛骨悚然。”汤姆承认道，“我试着想象我爸爸是如何应对危险的——你知道的，冷静又镇定自若。这招很管用。”

“但是你怎么知道它不会咬你呢？”

这位年轻的科学家耸了耸肩说：“我不知道。不过看起来我赌对了。”

巴德看起来迷惑不解说：“你在开玩笑吗？”

汤姆摇摇头说：“没有。从他那么随便拿蛇的方式上看，有两种可能性。要么眼镜蛇的毒牙被拔掉了，要么就是蛇受控。”

“但不受你控制啊，伙计。”巴德反驳道。

“这倒是真的。但是我记得之前读过有关蛇的文章，说蛇分辨不出控制它的人是谁。也就是说，只要它们不害怕，眼镜蛇就不像大多数人认为的那样，具有很强的侵略性。所以我就试着不动任何一块肌肉以免惊吓到这家伙——嗯，什么事也没发生。”

“你要保证我不会经受这样的考验！”巴德喊道，“至少，能不要就不要啊！”

“行，伙计！”汤姆赞同地说道，“这太危险了。但是你看，我也相信黑眼镜蛇这个人想让我活着——我是个很有价值的人质。如果蛇有毒牙，还咬了我，我敢打赌他会立刻用抗蛇毒血清来救我。”

巴德想起离开时绑架者的威胁，倒吸了一口气说：“或许，我没有你那样有价值。我希望我不用吃太多苦头！”

汤姆一想起来这事，脸就变得阴沉起来。他环顾了一下房间。这个狭小的牢房里除了两个链在墙上的铁床，就什么也没有了。汤姆检查了一下，每张床上面都有个纤维编织的床垫。

“嘿！什么声音？”巴德突然大声叫道。远处机器的轰鸣声在空中回荡。男孩们牢房的墙面及外面的走廊就像一个回音室一样，放大了声音。

“发电机。”汤姆说道，“这个地方一定有大型机器——有可能是他们的粒子加速器。”

牢房有一个装有铁栏杆的窗户。汤姆大步走到窗户那边。透过窗户，往下一看就是陡峭险峻的悬崖。

“不要放弃希望，巴德。”他转过身去对着他的朋友说道，“我有一个计划。可能有点危险，但似乎是我们唯一的机会了！”

第十五章 悬崖逃生！

暮色降临，笼罩着群山，牢房里也变得黑暗起来。巴德踱来踱去，就像一只被困在笼中的豹子。汤姆平躺在一张床上，安慰地说道：“放轻松，巴德，节省点精力。”

“我们还要多久开始行动？”

“不会太久。等到天完全黑了，我们的机会会更大些。墙上一定有警卫监视。”

不久，男孩们便听到钥匙插进锁里的声音。牢门打开了，一个肥胖，蓄着黑色长胡，容光焕发的狱卒放下两盘食物。

“好好享用吧，朋友们。”他说道，“这可能是你们的最后一顿饭了。黑眼镜蛇一会儿就要见你们。”

他马上就退出去，锁上了门，汤姆跳下床。“好了，伙计。”他对着巴德耳语道，“咱们开工吧！”

每张床铺的外部框架都是一段首尾相连的角钢。男孩们从汤姆的床上卸下2米长的角钢，将角钢的一段插进牢窗的两个铁条之间。

“好的，拉！”

他和巴德把这个工具当作杠杆，别开铁条，然后再向着相反方向拉。男孩们重复着这样的动作，钢条嘎吱嘎吱地响。这些噪音都被据点中发电机的轰鸣声所掩盖。

汤姆和巴德两个人不顾一切地用力拉拽，终于，插在砖石墙中的铁条松动了。10分钟后，他们又弄出两根。

“哇！我的手通红，像生肉一样！”巴德喃喃自语道，小心翼翼地摩擦着。

“赶快！”汤姆催促道，“把床垫弄下来！”

他们每个人拽着一个床垫，拖到窗口附近，开始拆编织的垫子。拆完的时候，夜空中已是星光熠熠。汤姆从一堆纤维中拿起两个根，把它们编成一根长绳。

“这绳子够长了。而且我觉得它很结实，能承受我们两个的重量。”

“最好是这样！”巴德说道。

男孩们把绳子的一端绑在巴德的床上，然后小心翼翼地将绳子从牢房的窗户中放下。

“好了。谁先走？”巴德问道。

汤姆从口袋中拿出一枚硬币，将它扔向空中，然后接住。

“反面。”巴德说道。

这儿的灯光只能让人勉强看到硬币正面朝上。

汤姆和巴德快速地握了握手说："好运！"

"你也是，飞天小子！"

巴德帮助汤姆爬上窗户，年轻的科学家从铁条的间隙中钻了出去，然后双手交替，顺着绳子向下爬去。

绳子正好够到墙根。很快，汤姆就在悬崖的上边站稳了脚。他拽了一下绳子，示意他已经成功了。

巴德刚爬上窗口要往下滑的时候，突然听见牢门打开了。他的心怦怦直跳，赶紧找好位置，准备顺着绳子往下爬。蓄有胡子的守卫冲进来，把头探出窗外。

"站住！"他大声喊道，然后说，"来人呐，被抓的人逃跑了！"

守卫一脚蹬在墙上，开始使劲拉绳子。巴德愤怒地咆哮着，又无计可施。要么被拽回牢房，要么在悬崖上面晃来晃去，不得不直接跳下去。

"现在最好干掉那个守卫。"巴德下定决心。他不再向下爬，而是等着那名守卫把他从窗户下拽上来。

他们现在几乎是脸对脸了——那名守卫大汗淋漓，还在生气地抱怨道。

"在找我吗，杂种？"巴德的右拳穿过窗户，直接打在敌人的下巴上。

守卫松开了绳子，摇摇晃晃地向后退去。巴德还没来得及用双手抓住，绳子就飞快地向下滑去。刹那间，一个清脆的声音传来。

编织的绳子无法承受巴德突然下坠的重量，断了！

黑暗中，汤姆看到朋友从高空坠落，吓得胆战心惊，喘着粗气。

一会儿他听到了碰撞树枝的声音，稍微松了一口气。显然巴德栽在离悬崖坡较远的一棵树上。

汤姆连滚带爬地顺着声音找去。这时，他还能听到基地中刺耳的警报声。

“巴德！”汤姆小心翼翼地喊道，“你还好吗？”

他刚进入一片冷杉树林，一个人影重重地落在他面前，吓得汤姆大叫一声，停了下来。

“我就在你身边，伙计！”巴德站在那咯咯笑道。他是从树上跳下的。

“谢天谢地！你这太空老手！”男孩们快速来个熊抱，“骨头没断吧？”

“只有些划伤。不过拔出扎进我皮里的松针可能需要些时间。”

就在这时，两个人听到据点中传来的一阵嘈杂声。“他们正在开大门！”汤姆提醒道，“来吧！我们赶紧溜！”

“溜到哪儿？我们来时的那条路吗？”他们费力地在黑暗里前行，巴德问道。

“不！他们正等着咱们那么做呢！”汤姆分析道，“我们

就沿着谷底走吧！”

一阵晚风吹过，男孩们听到风中混乱、沙哑的嘈杂声。枪声响起，子弹从不同地方射来。

“他们在朝影子开枪！”巴德小声说道，“至少他们还没发现我们。”

男孩们连滚带爬，紧紧抓住能抓住的地方，沿着悬崖峭壁头也不回地往下爬。到了平地，他们便开始跑。

很快，一道探照灯的光线划破了黑暗——后来光线越来越多。耀眼的光线相互交织在一起来回搜索，在谷底和周围的悬崖上彻底地扫来扫去。

“小心！宝贝儿！”当看到锥形光束扫过他们这边时，汤姆警告道。

移动的光束突然停下，又扫回来，试图定位两个逃犯。汤姆和巴德机敏地躲避着光束，就像突破防守区的运动员一样。

“向右转！往悬崖上跑！”汤姆指示道。

他早注意到那边有一片被灌木丛和常青树覆盖着的缓坡。男孩们在没有被发现的情况下，不可思议地设法到达了缓坡。但是他们能够听到那些追踪者向山谷追去。

“现在怎么办？”巴德小声说道。

“往回跑。”汤姆决定道，“我们试着在谷底找一条小路。”

他们沿着悬崖的斜坡安全退回，最后发现了一条隐秘的小路，然后开始爬上悬崖。

他们不顾一切地爬到了山顶。巴德直挺挺地躺在地上，痛苦地喘息着。汤姆亦是如此，气喘吁吁，满头大汗。

“我们能不能给‘女王’发送无线电信号？”巴德问道。

汤姆点点头，说：“等我们到达下一个山脊的时候就发。从这儿发信号，可能会被屏蔽，还会白白泄漏我们的位置。”

男孩们挣扎着前行。探照灯的光束仍旧在山谷里和悬崖上扫来扫去，但呼喊声和枪声已经渐渐消失了。汤姆猜测黑眼镜蛇手下的人可能分成了几个搜索小队。

当他们到达山顶时，汤姆从他衬衫的口袋中拿出铅笔状的小型无线电设备。巴德和汤姆的抓捕者在搜查他们的时候并未发现它，那些人一定认为这就是一只普通的铅笔，所以并未拿走。汤姆打开无线电设备，用自己的旧代号呼叫“蓝天女王”。

“飞克西特先生呼叫实验室……不要回答……飞船从着陆地点向约北—北—东方向飞行。注意闪光信号灯。完毕。”

汤姆估测了一下他们的方位大概是在“蓝天女王”的什么方向。他感觉这个线索加上信号灯应该足够了，然后又呼叫了一次。

男孩们蹲在丛林中，时刻盯着黑暗中的一切。尽管晚上乌云密布，但月光仍足够让他们看清是否有某个地方的地平线上升起了一架大型飞船。几分钟过去了，他们丝毫没有看到飞船的影子。

“再联系一遍试试！”巴德催促道。

汤姆又呼叫了一次，很迅速，让敌人没时间来确认无线电发射的位置。

巴德心神不定地观察着周围的动静。“那些探照灯离我们太近了。”他轻声说道，“你说汉克怎么还不来？”

“我要是知道就好了！”

没过一会儿，一束光扫过山脊，两个男孩放平了身子。

“呼！”汤姆又坐了起来，喜悦之情在眼底泛开，“飞船来了，巴德！”

一个黑色形状的物体从西方腾空而起。在天空的映衬下，该物体的轮廓显示出来，正是“蓝天女王”飞船。

汤姆拿出袖珍手电筒，不停地打开又关闭，向天空挥舞着。

片刻后，大型飞船放下推举器，低低地盘旋着。一条绳梯被放下来，男孩们开始攀爬。他们爬到一半的时候，飞船暴露在了探照灯下。

“起飞！”汤姆吆喝道，“我们会抓紧的！”

飞船如离弦之箭一样迅猛地向山脊下方的峡谷飞去，下一秒高射炮便在夜空中炸开了，但是飞船已经安全地向山脊的下方飞去。

乔·温克勒和阿维德·汉森将汤姆和巴德拉上飞机。然后汉克·斯特林控制着飞船在夜空中全速行驶，不留一点痕迹。

“谢天谢地，我们正担心你们这些家伙呢！”男孩们坐下时，乔·温克勒担心地说道。

汉克解释说，天黑之前，有一队装备着望远镜的人，侦察了一个小时。

“我们想着即使他们还没发现我们，也离发现我们不远了，所以我们迅速逃走了。”汉克讲道，“但是我们设法待在信号发射范围内。”

汤姆讲述了在敌人基地发生的一切，然后给在肖普顿的爸爸发送了无线电消息，同时为防止敌人偷听又用了加密器。

“儿子，我不确定A国当局会如何解决这个问题。”斯威夫特先生回答道，“但是我想黑眼镜蛇的前哨站在这期间一定会被监视。所以不要轻举妄动，我通知一下情报局。”

“好的，爸爸。我们会停留在超声波束和高射炮射程以外。”

“好！得到W城官方指示可能得需要一些时间。”

“我们会等着的。”汤姆答道。

几个小时过去了，“蓝天女王”大范围地环绕着森林飞行，一会儿直冲电离层，一会儿又在群山间潜伏着，一动不动。

破晓时分，飞船猛地俯冲下去，仔细地查看。眼前的景色令汤姆及其伙伴惊诧不已。峡谷的岩层就像打开的导弹舱门，发射台上的黑色飞船显露无遗！它从发射台上面起飞，风驰电掣般地向太空飞去！

第十六章 内斯特丽亚遇袭

“原来那就是引起这一切麻烦的海盗飞船！”乔一直注视着，直到该飞船消失在蓝天中。

汤姆严肃地点点头。“就是它，没错。”这时，一枚高射炮弹突然在附近爆炸。他驾驶飞船快速转弯，然后急速上升。同时，谷底隐去。片刻后，巨大的地下发射室不见了踪影。

“他们在这儿的设计布局真先进！”汉克感叹道。

“汤姆，你觉得他们的黑色飞船去哪儿了呢？”巴德问道，“内斯特丽亚吗？”

“一定。我敢打赌我们的逃跑使黑眼镜蛇加速采取行动了！”

“这是什么意思啊，机长？” 阿维德问道。

“我是说，他不会再等着前哨站上的人饿死了。他把所有的计划都告诉了我们，所以他不能再冒险了。我猜他准备动用武力来制服内斯特丽亚！”

汤姆通过无线电将这条消息发送给了爸爸。“情报局怎么说？”他补充道。

“现在参谋长们和国务院代表们正在召开秘密会议。”

“爸爸，无论他们的决定是什么，我们都要准备好去救援，尽快飞往内斯特丽亚！黑眼镜蛇十有八九就在那艘飞船上面。”

“我同意，儿子。”

“磁偏导仪怎么样了？”

“许多人正夜以继日地研究，今天中午就应该完成了。”

“我们一会儿就返回。”汤姆提出，“对于抓那条‘蛇’，我应该挺有用的。”

斯威夫特先生也认为汤姆应该为“挑战者号”穿透反物质屏障做准备。与此同时，斯威夫特先生会提醒所有的跟踪站、太空哨站以及费林岛在雷达上面搜索黑色的太空飞船。

汤姆挂断电话，便驾驶着“蓝天女王”返航。当三层的飞行实验室在上空飞速掠过时，阿维德和汉克坚持要求替两个男孩驾驶飞船。

“你们刚刚才死里逃生。”亚弗说道。

“而且，我们降落后，你们就会忙得不可开交。”

“好的，我们换班。”汤姆解开安全带，站起来伸了个懒腰，“一小时后叫我们。”

但一个小时后，汉克和亚弗没有去打扰两个男孩，而是让他们睡过了大半个旅程。等乔走到机舱去叫他们起床的时候，两个人已经精神焕发，他们返回了驾驶舱。

“现在你们两个爬上床睡会儿！”汤姆命令道。

一个小时后，汤姆熟练地将飞行实验室降落在公司的专用跑道上。在离开飞船之前，他们先去看了一下正在熟睡的两位机组成员。阿维德和汉克鼾声如雷。

“别叫他们了。”汤姆对着乔说道，“我还要驾驶‘女王’飞去费林岛，他们还是一样得待在飞船上。”

“头儿，那我呢？”这位厨师迷惑地看着汤姆说，“‘小月亮’上的最后一场胜负之争，你不打算带我去了吗？”

“如果你想去的话就一起，老前辈。”汤姆亲昵地捏了一下厨师的肩膀，乔咧着嘴满意地笑了。

男孩们冲进主楼。斯威夫特企业集团的秘书特伦特小姐告诉汤姆，他爸爸在观测台。汤姆和巴德匆匆走进圆顶观测台，看见老科学家正在用太空探测器观察天空。

“爸爸，有什么消息吗？”汤姆问道。

“W城那边的会议刚刚结束。”斯威夫特先生说道，“国务院已经告知N国政府关于黑眼镜蛇的基地的相关消息，但是在没弄清情况之前，国防部不会采取任何行动。”

“天哪！”巴德喊道，“希望他们不会等得太久！”

“追踪到黑眼镜蛇的飞船了吗？”汤姆问道。

“没有，儿子。不论是政府跟踪站还是我们自己，都没能追踪到他的航线。我怀疑他使用了新型的辐射屏障来躲避我们的雷达探测器。”

汤姆若有所思地点点头，说：“爸爸，这使我们现在的情况比以前更糟糕！”

“现在雷达探测器一点用都没有。”斯威夫特先生苦恼地说道，“我个人认为他定是藏在地球轨道的某个地方，等待时机进攻。”

汤姆紧紧握拳，说：“所以我一定要乘‘挑战者号’出发。爸爸，磁偏导仪准备好了吗？”

“就算没好也快了，儿子。我们之前遇到过许多漏洞，我还修正了一下氦泵和写入电脑的脉冲频率。但是上次我核查时，他们已经进行到最后的装配了。”

“干得漂亮！巴德，我们去看看！”

离开之前，汤姆给阿特·威尔特萨打了一个简短的电话，要求他把为“挑战者号”制造的雷达隐形装置装载在飞行实验室上。然后他和巴德匆匆赶到电气部。

他们在这儿碰到了斯威夫特企业集团的一名工程师戴夫·博加德。他正在工作台上对磁偏导仪控制台的电路进行最后一次检验。探测器电信号输出管是整个设备中最重要的一部分。汤姆将它的全尺寸模型设计成了银箭状，50厘米长，穿过8字形的转子。

“哇！这个为我们老飞船制作的设备实在是太棒了！”巴德充满敬意地大声说道。

几分钟后，戴夫·博加德报告说：“检查完毕。”

“进展不错。我们去开一辆卡车到装载台，这样我们就能够把整个设备拖到‘蓝天女王’上。”

飞行实验室很快就向费林岛飞去。降落后，汤姆用卡车将设备拖到“挑战者号”的发射场。接下来一阵忙碌，机械师们把雷达隐形装置和磁偏导仪安装到飞船上。

傍晚，哈伦·艾姆斯的一通紧急电话打断了汤姆的工作。“之前劫持桑迪飞机的绑架者有话要跟你说，汤姆。”他说道，“就是那位灰发的外国人。他想要见你。你能来这儿见他吗？”

“当然可以，哈伦！”

汤姆让巴德负责接下来的工作，然后飞回内陆。艾姆斯已经备好了一辆车等着，然后他们开车到了肖普顿警察局。斯莱特局长把他们带到那个男人的囚室。

“嗯，不错。你来了。”罪犯对汤姆说，“我已经准备好招供了。”

“那就从你的名字和国籍说起吧。”汤姆命令道。

“弗兰兹·瓦拉德。”罪犯回答道，“我现在已经不属于任何国家了。我就是那种你们所说的难民——无国籍的流亡者。”

“听你的口音像在A国待过。”艾姆斯评论道。

瓦拉德沮丧地点点头，说：“我在这儿取得了我的工程博士学位，也曾在这个国家工作了几年，但是收入微薄。我找不到值得我去施展才华的工作！没有A国政府的安全许可，没有人愿意雇佣我负责重要的太空或者导弹项目。这就是我为什么不可救药地卷进了这场对抗汤姆·斯威夫特的疯狂阴谋中。”

“所以你就去给黑眼镜蛇工作？”汤姆冷冷地说道。

瓦拉德略显凝重的脸变得有些苍白。“啊，你都知道了！”他咕哝着说，“约翰·津一定告诉过你。”

“不仅他告诉过我。”汤姆说道，“我还和黑眼镜蛇见了一面。事实上，我刚从他在N国的基地回来。”

看到汤姆坚定的目光，瓦拉德知道这位年轻的科学家没有说谎。“若是这样的话，我就没有理由再隐瞒什么了。”他疲倦地说道，“我全部告诉你们，求求你们可怜我。”

瓦拉德透露，他被高薪聘请来做黑眼镜蛇的太空项目。聘请者是黑眼镜蛇在A国的首席代理人，瓦拉德并不知道其真实身份。但汤姆和艾姆斯认为他的描述和提供的各种证据应该能够让调查局追踪到嫌疑人。

当黑眼镜蛇准备启动针对内斯特丽亚的项目时，瓦拉德被送回A国，协助反抗斯威夫特企业集团的行动。瓦拉德称那些追杀约翰·津的所谓的医院安保实际上是黑眼镜蛇的手下，但他不在其中。不过，他承认桑迪·斯威夫特的手链是他送的。

“那对和你一起绑架那些女孩的夫妇是谁？”斯莱特局长问道。

“尼克·斯普林格特和他的妻子？”瓦拉德傲慢地耸耸肩说道，“他们并不重要——是临时雇来的，对黑眼镜蛇一无所知。他们以前是特技飞行员——因走私物品及军火而遭到警方通缉，我们敲诈恐吓他们帮我们干活。”

“我想海关应该对这个很有兴趣。”斯莱特冷淡地说道。

汤姆又进一步询问罪犯关于内斯特丽亚周围反物质屏障的事。不幸的是，瓦拉德从事的大多是黑眼镜蛇飞船的设计工作，对反物质屏障的技术细节知之甚少。

“我知道他用导弹将控制设备秘密地安装在了小行星上。”瓦拉德说道，“我相信这个设备产生的斥力能够将粒子保持在恰当的位置上。”

汤姆意识到自己之前的猜测没错，问道：“然后当黑眼镜蛇想要驾驶自己的飞船通过时，他就通过某种方法来削弱屏障？”

“是的。这个设备有一个远程控制开关，信号从飞船发出时，设备就会运行。当斥力加强时，粒子就会被暂时向外驱赶，这样他的飞船就能够安全地通过屏障。”

离开囚室之前，汤姆许诺他会尽自己的努力帮助瓦拉德。

瓦拉德挤出一点笑容说：“我之前真是一个傻瓜。”

艾姆斯留下来和斯莱特局长继续审问斯普林格特。汤姆没有耐心再等待下去，他打车回公司后，便立即飞往了费林岛。

巴德使工作尽在掌控之中。但当“挑战者号”准备好起飞时，夜幕已然降临。男孩们在餐厅和汉克、阿维德匆匆吃了顿饭后，在返回发射区的途中，顺便去了一趟通信办公室。

他们进去的时候，无线电通信员抬起头，眼里满是惊恐。“内斯特丽亚被袭击了！”他大声喊道。

他打开扬声器，内斯特丽亚通信员的声音传来：“黑色太空飞船正在向我们快速靠近！……请求支援！……那些人是……”

声音开始变得模糊不清，然后消失归为沉寂。

第十七章 决定性的考验

汤姆抓起麦克风，喊道：“费林呼叫内斯特丽亚！请把信号接进来！”

无线电人员万分火急地调整着接收机，试图再次收到信号。“机长，没有用！他们停止广播了。”

尽管早已预料到这场袭击，但事发突然，还是使得汤姆和他的同伴惊恐不已。很明显内斯特丽亚已经沦陷在敌人之手！

“那些卑鄙小人！”巴德勃然大怒道。

“为什么前哨站没有武装？”阿维德愤然说道，“我们的人本来能够把那艘太空船炸成太空烟尘！”

“这根本不可能。”汤姆严肃地说道，“第一次接管小行星时，我们的政府宣布该行星只用作和平的，造福全人类的科学前哨站。”

“被那些偷偷摸摸的卑鄙小人钻了空子！”汉克·斯特林狂怒咆哮道。

汤姆尽力保持镇静，但是他满腔怒火，又担心着自己人的安全。黑眼镜蛇很有可能无情地消灭了小行星上所有的A国人！

“联系公司！”汤姆对无线电通信员说道。

几分钟后，他和爸爸交谈着。斯威夫特先生听闻袭击的消息后，感到震惊，但仍旧谨慎地劝告着。

“这是我们政府的问题，儿子。”他紧张地说道，“我认为我们应该等待官方指示。”

“我们不能等，爸爸！”汤姆抗议道，“只要有一线希望，我们就有责任去救我们的人！或许我们还能够找到其他的办法来阻止黑眼镜蛇控制小行星。”

“那你有什么建议？”

“我要尽快飞往内斯特丽亚。”汤姆说，“‘挑战者号’随时准备起飞。”

斯威夫特先生沉默了。汤姆知道爸爸正在仔细权衡这其中可怕的风险。

“好吧，儿子。”他声音沙哑地说道，“去吧！一旦收到W城的指示，我就立刻用无线电通知你。好运！”

汤姆挂断了通话，立即开始行动。他和三个伙伴赶到发射区。

“挑战者号”在泛光灯的照明下隐约可见，就像一个大型的陀螺一样，十分壮观。乔和其他几位机组人员以及所有的志愿者都登上了飞船。

起飞前，汤姆将全体人员召集到飞船甲板上。“我猜想你们都意识到了我们这次任务的危险性。”汤姆对他们说道，“如果磁偏导仪不管用，你们知道我们会在撞上内斯特丽亚周围反物质屏障时发生什么。如果我们安全地穿过了屏障，还要和黑眼镜蛇以及他的飞船战斗。有没有人想要退出？”

那些人冷静地看着他，没有人说话，也没有人站出来。

“机长，不要浪费时间了。”巴德调侃道，“我们直接把这个大家伙弄到太空去！”

汤姆咧着嘴笑了，说：“好。各就各位。”

几分钟后，“挑战者号”腾空而起，飞行在夜空中。在斥力装置巨大的推力下，他们眼中的地球逐渐缩小。不一会儿，宇航员们进入了太空边缘。深蓝色的天空不断变暗，繁星点点，点缀着夜空。

汤姆和他的伙伴们几乎没有说话。飞船加速向外太空飞去时，每一个人都沉浸在自己的思绪中。

地球家园现在就是一个巨大的球体，在朦胧的月光笼罩下，他们能看到家园表面的江河山川。

太空瞭望站仍旧没有收到来自内斯特丽亚的消息。但是片刻后，“挑战者号”的无线电通信员收到了公司的呼叫。

“机长，是您的父亲。”他对汤姆说道。

“那些参谋长已经否决了所有导弹突袭。”斯威夫特先生说道，“部分人害怕伤到我们自己的人——如果他们还活着的话。而且如果我们的行为引起任何外国势力的误解，就有引起大规模地球战争的危险。”

“我了解他们的意思了。”汤姆认可道。

“他们认为我们需要获得更多有关内斯特丽亚目前形势的信息。”斯威夫特先生继续说道，“在这期间，他们会交代你全权处理。”

“假如形势很糟呢？”汤姆问道。

“如果那样的话，你就按你们所希望的采取行动。我们的武装力量会全部支持你。”

汤姆意识到自己身上责任重大，短暂地停顿了一下说：“好的，爸爸。我们会竭尽全力。”

“我相信你，儿子。”

斯威夫特先生的话从扩音器传出来，飞船舱内的每一个人都听到了。当他切断通话时巴德突然大声喊道：“但愿‘挑战者号’拥有武装！同志们，我多想以其人之道还治其人之身！汤姆，若我们迎面撞上，我们打算怎么办？”

“我们必须要尽力避免正面冲突。”汤姆坚定地说道，“各位朋友，我们要见机行事，智取。我们现在应该担心的第一件事就是如何通过反物质粒子屏障。”

飞船全速前进，飞向小行星。当他们接近危险地带时，汤姆一直检查着距离刻度表。不久，巴德看到他打开了磁偏导仪的开关。机舱内能够听到斥力装置的发电机发出的轰鸣声比平常更加尖利。

巴德紧张地看了一眼年轻的科学家，问：“我们正在撞击反物质屏障吗？”

汤姆摇摇头说：“还没。大概还有一分半钟。”

机舱内的其他人聚集在驾驶员和副驾驶员周围。在机舱窗下方，磁偏导仪上巨大的银箭向船体外伸着。

这能够使他们安全地穿透屏障吗？

“老——老——老天保佑。”乔结结巴巴地说道，“我只希望这个东西管用！”

“如果不管用的话。”阿维德勉强地开着玩笑说，“我们就比你烙的玉米煎饼还要酥脆了！”

时间一秒一秒地过去，这种紧张的气氛让人越来越难以承受。最后，汤姆舒缓地吐了一口气。

“好了——放松点，朋友们。”他向船员们说道，“看起来我们完好无损。”

乔高兴地欢呼，其他人都来祝贺汤姆。能安全地穿越屏障让他们精神振奋。

“现在不管发生什么事情，黑眼镜蛇都不能够控制内斯特丽亚了。”汉克指出，“如果‘挑战者号’能够用汤姆的磁偏导仪通过屏障，就可以进行导弹反击了。”

但是在反击之前，飞船必须先降落，而且还要查明A国前哨站人员是否活着。汤姆表情严肃，不知道是否还有人活着。

还有，他和他的机组成员能不能安全地返回家园与家人团聚呢？

汤姆咬紧牙关，试图让自己集中精力，注意降落时将面临的危险。透过舷窗，前方的内斯特丽亚已经隐约可见，而且越来越大。

他们接近的是小行星的黑夜一侧，但是在地球的反射中，其峭壁和环形山已隐约可见。赤道附近的小光点就是A国人的前哨站。

汤姆让斥力装置旋转起来，降低飞船的速度，然后下令熄灭所有灯。

顷刻间，只有仪表板上幽灵般的光芒照亮着机舱。

“他们会发现我们吗？”阿维德紧张地小声问。

“这得看他们的戒备有多森严了。”汤姆回答道，“我认为飞船降落很有可能不被发现。我们有保护膜，所以我们不会出现在雷达上，而且他们也不会料想到有人能够穿过屏障。”

汤姆认为沿着轨道的方向接近小行星——也就是在行星昼侧飞行——风险极大，所以他缓慢地使飞船垂直下降。同时，他们也在紧张地观察着任何可能发生袭击的迹象，虽然只有几分钟却令他们感觉十分漫长。不过什么也没发生。

最后，“挑战者号”安稳地降落在和前哨站保持着安全距离的荒芜山谷中。

“到目前为止一切进展顺利。”巴德轻声说道，“现在怎么办，汤姆？”

“弄清楚形势的唯一办法就是近距离侦察前哨站。”汤姆回复道，“要一起去吗，巴德？”

“把我扔下可不行，朋友！”巴德说道。

汉克和阿维德表示抗议，认为应由他们来承担这次危险的任务。但汤姆劝他们留在飞船上，并和其他成员一起看护好飞船。乔请求陪着男孩们一同前去时，汤姆心软了。

“好吧，前辈。”汤姆让了一步，亲切地笑着说道，“我们是幸运三人组。”

他们唯一能用的防御武器就是一个手掌大小的斥力装置模型。汤姆带着它和两个伙伴从太空船舱走出，一头扎进黑暗之中。

历经半小时的艰难跋涉，他们终于到了一个能看清前哨站的地方。

泛光灯笼罩着兵营和车间。三名侦察员爬下，匍匐前进，尽可能接近光源边界。

“混蛋，卑鄙的太空窃贼！”乔低声咕哝道。

“他们来者不善！”巴德小声说道。

黑眼镜蛇的海盗势力已经完全控制了前哨站。他们精英部队里的哨兵个个身穿军装，长相凶狠，佩戴着冲锋枪，分段站岗。

施工人员已经在导弹和炮台上忙碌着。发射区和降落场坐落在前哨站的另一侧，敌人的宇宙飞船高于他们的建筑，很是显眼。

“看起来我们有硬骨头啃了。”汤姆小声说道，“‘挑战者号’的机组人员怎样才能应付这样的势力？”

“听着！”巴德突然小声地说道，“毁掉制造大气的机器怎么样？”

在小行星的另一端有一个机器是用来为内斯特丽亚上的人们提供可呼吸的空气的。如果汤姆和他的伙伴们返回到“挑战者号”，从飞船里摧毁他们的机器，黑眼镜蛇手下的人就会由于缺氧而不得不撤退。

这个主意很有吸引力，但汤姆听后不情愿地摇摇头。“太不人道了，巴德。我们在前哨站上的人也有可能窒息而死，除非黑眼镜蛇将他们也及时带上飞船——但我怀疑他能那么仁慈吗？惊慌失措地逃走，他自己的人都会损失一半。”

“你说我们的人还活着吗，头儿？”乔问道。

“希望如此。黑眼镜蛇一定想要从他们那儿获得有关内斯特丽亚上科学规划的资料信息，这样可以节省不少时间。例如，弄清那些制造大气的机器是怎么运行的。他甚至还可能给他们洗脑，让他们相信他接管内斯特丽亚是出于好意。”

三个人一直窃窃私语。但是，夜晚万籁俱寂，这些小动静

穿了过开阔地带，传到前哨站。

突然，汤姆发现最近的那个哨兵正在凝视着他们隐蔽的方向！不一会儿，那个人发出报警声，并端起了他手中的冲锋枪！

第十八章 生死大逃亡

汤姆一发现有危险，马上将斥力装置准备就位。哨兵开枪前，他触发了斥力装置开关。

警卫刚向前走一步，斥力射线就像一个看不见的拳头一样带着一阵风猛地向他射去。他摇晃着倒退几步，失去了平衡，重重地摔在地面上，枪从手中甩了出去。

“他竟然径直朝它走去！”巴德愉快地笑道，“这大概能拖住他一会儿。”

“快走！”汤姆催促道，“我没时间再做一次！”这三个人立刻拔腿就跑。

与此同时，其他哨兵听到同伴的警报，纷纷从自己的位置赶过来。汤姆回头看了一眼，那个发警报的哨兵咆哮着，手指着他们逃跑的方向。

马上他们就无暇回头去看了。哨兵们拿着冲锋枪紧追不舍，呼啸的子弹飞过，划破了夜幕。

幸好，他们的搜索范围太大了，所以效果不佳。但三个A

国人一刻也不敢放慢脚步！就连矮胖的乔也如野马一样向前奔跑着，他的罗圈腿就像活塞一样上下运动！

汤姆为自己一时疏忽引起敌人注意，懊恼不已。黑眼镜蛇已经警觉到他们就在前哨站附近，随即会把所有的设备都用来对付他们，所以逃掉似乎是不可能的了。更糟糕的是，他可能猜到“挑战者号”已经降落在了内斯特丽亚上。这样的话，那些太空海盗就有可能在他们起飞之前抓住他们！

“去……去哪儿，头儿？”乔边跑边喘着气说道，“我们一定不能把他们引到飞船那边！”

汤姆赞同地说道：“走这边！”他指着右方隐约可见的参差不齐的岩壁。

“那不是环形山吗？”巴德问道。

“没错。”

汤姆在之前的旅途中就对这里的地形烂熟于心。前哨站的不远处坐落着两座虽小却高耸的环形山。他们倾斜的外侧紧紧毗连彼此，形成了一条弯弯曲曲的通道，上面布满了巨石和岩石碎片。

汤姆冒险地回头看了一眼说：“我觉得我们把他们远远甩在身后了。”

在前哨站灯光的映衬下，能看到追捕者的轮廓。他们摇摇晃晃，零星地开着火，看起来也不确定目标在什么方位。

汤姆振作起来，催促着自己的伙伴加快速度。再往前一些，他们就处于岩壁投下的阴影中了。

他们到达岩壁时，乔被绊了一下，脸朝下趴在地上！男孩们马上跑过来，跌跌撞撞地停下，转过身帮助他们的朋友。

“乔！你还好吗？”汤姆关切地问。

“当然！我很好，头儿！”

男孩们扶起厨师时，听到他强忍住呻吟。这位大腹便便的得厨师一直气喘吁吁，大口地喘着气。现在，他试图跑，却晃晃悠悠，险些再次摔倒。

“抓着他的胳膊，巴德！”

“没有用的，朋友。我踝关节扭伤了！”

乔甩开他们的帮助，请求他们把他抛下，继续往前跑。汤姆和巴德没有理会他，架着乔，半拖半扛地扶着乔努力向前走。

尽管小行星上的重力很小，乔的体重对于他们来说仍旧是沉重的负担。但不管怎样，男孩们都扶着他想方设法地爬上斜坡。在无数的巨石堆中，他们找到了藏身之所。

三个A国人不知道追他们的人在做什么，只能蜷伏在黑暗中一动不动。

一会儿他们就听到越来越近的脚步声，接着是断断续续的谈话声。三名逃亡者一动也不敢动。

令人焦虑不安的时刻过去后，汤姆从藏身之处冒险地向外张望。尽管周围漆黑一片，他还是能够看到不远处的两个身影心不在焉地搜索着。其他人在岩壁通道深处搜查。

十分钟过后，那些困惑不已、携带冲锋枪的枪手们又聚集在一起，简短地争论着。显而易见，他们意识到在这样的条件下，试图抓住逃亡者是徒劳的，所以他们准备放弃了。汤姆推测他们可能害怕那件神秘武器，因为它击倒了那位拉响警报的哨兵，这让他们多少有点心有余悸。

然而，汤姆用手势告诉他的伙伴们保持安静。那些哨兵回营可能是引诱他们出来的伎俩。可能有一个甚至更多黑眼镜蛇的手下躲在后边，想逮他们个出其不意。

“最好不要等太久，头儿。”过了一会儿乔小声说道，“那些男人可能拿着探照灯回来。”

汤姆也想到了，所以他决定用老方法试探一下。他捡起一块石头，朝山坡下扔去，为了不暴露，扔得稍远些。

没有听到枪声。汤姆又重复了一次，向不同的方向扔着石头，但依旧没有一点动静。

“好吧，在附近走走，巴德。”汤姆最后说道，“但要当心！”

男孩们从藏身之处出来，小心翼翼地观察着周围。发现没有任何危险迹象，他们又回到乔身边。

“用你铅笔状的无线电设备呼叫‘挑战者号’怎么样？”巴德建议道。

汤姆犹豫了一下，摇摇头。如果他们用无线电联系飞船让他们过来，虽然乔不用再经历痛苦的艰难跋涉就能回去，但是黑眼镜蛇的无线电操作员一定在监听，那样“挑战者号”就会被他们发现。

“对不起。”汤姆对厨师说道，“但是我想我们最好走过去。你的脚踝怎么样了？”

“好多了。”厨师坚强地说，“如果慢点走的话，我能坚持。”

他们朝飞船方向返回，但尽可能地沿着环形山的边缘走。乔一瘸一拐地走着，两个男孩儿扶着他。为了置于前哨站搜查的范围之外，他们走环形路线迂回前行。他们穿越了崎岖不平的荒芜之地，终于到达了飞船降落的那个山谷。

“飞船不见了！”巴德脱口而出。

汤姆瞪大了眼睛，四处寻找。“汉克可能把飞船移走了。”汤姆推测。

这位年轻的科学家爬上悬崖，地球反射光能够使他能更清楚地观察到谷底，但是哪里都看不到“挑战者号”那巨大的轮廓。汤姆怀着沉重的心情回到两个朋友的身边。

“他们被俘了吗？”巴德问道。

“有可能。面对现实吧，巴德。既然黑眼镜蛇知道我们降落在内斯特丽亚，他就绝对不会按兵不动。”

汤姆推测，也许一发现闯入者，黑色的飞船或者其他某架飞船马上就开始实施侦察。若是这样的话，“挑战者号”可能已经被发现，然后被敌人出其不意地带走了。

“那群卑鄙的海盗们！”乔怒气冲冲地说道，“他们明天白天可能还会来找我们！”

“没错。”汤姆赞同地说道。他突然机警地想到，如果敌人已经截获了“挑战者号”，那么就知道他们三个逃亡者会回到这里。

“我们赶快离开这里，找地方藏起来。”汤姆对其他人说道。

“哪里？”巴德问道。

汤姆咬了一下手指，说道：“那些外星人之前提到的矿井怎么样？”

“好主意。”巴德赞同地说，“但前提是我们能在黑暗中找到它。”

“我们可以试试。”汤姆说。

他用袖珍手电筒照着，检查了一下乔脚踝的伤势。乔的脚踝扭伤得很严重，汤姆用乔的大花手帕给他包扎了一下，乔感觉能继续走了。

他们又开始了艰难跋涉，厨师步履蹒跚，他们的行进速度慢了下来。他们最终的目的地是前哨站西侧的像小型阿尔卑斯山一样的群山峭壁。他们走向右手边一座陡峭山脊，汤姆说道：

“这边有一条通向增能器室的小路。现在我们就沿着峭壁脚下走。”

当他们看到悬崖上的一个裂缝时，巴德松了一口气，大声喊道：“感谢老天！这真是个休息的好地方啊！”他充满希望地补充道，“如果那些外星人说得对，也许我们还会有东西吃！”

汤姆把手电筒的光照进洞穴的凹处，然后小心翼翼地进入。紧接着，黑暗中的警告声吓得他们三个人全身僵硬起来。

“举起手，不许动！”

第十九章 黑眼镜蛇出击！

汤姆抑制着心中不断涌起的绝望，举起了手。他们从黑眼镜蛇处逃走就是为了自投罗网吗?

一束光照在这几个俘虏身上，俘获他们的人看清楚了他们的模样。“是机长！”

“还有巴德和乔！”

洞穴里充斥着快乐的声音。一群人从黑暗中涌出来，此情此景让汤姆有点摸不着头脑。

斯威夫特企业集团前哨站的员工！

“谢天谢地！”乔嘟哝着。

“耶！”巴德欢呼道。

汤姆立刻和这十几人握了握手说：“李！真没想到能在这儿碰到你和大家！”

“我们知道你们迟早会来内斯特丽亚的，机长！”前哨站组长答道，“我们很安全！”

汤姆严肃地说道：“事实上，敌人已经完全控制了小行星。”

他讲述了自“挑战者号”降落在内斯特丽亚上后发生的事情。

巴德问道：“你们怎么样啊？我们以为你们被抓了。”

李·加利德摇摇头。“我们在发现黑色宇宙飞船降落时就先明智地撤退了。事实上，我们一半的人由于疼痛和恶心而丧失战斗力。敌人一定释放了某种射线或是神经毒气。”

“可能是超声波束。”汤姆说道。

加利德继续说：“他们忙于控制行星，所以并没有追得太远。估计他们觉得我们要么会饿死，要么会投降。”

“你们这些人看起来根本不像一群饥肠辘辘的人！”乔说道。

“这倒是事实。”汤姆赞同地说道，“外星人给的信息一定有用。”

一位名叫鲍勃·杰弗斯的机组成员咧着嘴笑着说：“等会儿让你尝尝我们找到的食物。这矿里都是这种东西！”

“饱餐一顿，就像登上了世界之巅！”加利德说道。

汤姆对此很感兴趣。

加利德和其他人员带领三人向矿井深处走去。顺着墙上的灯光，汤姆注意到墙上布满一条一条的橘红色的东西。

“就是这个。”李说道，“你可以尝一口。”

通道是沿着该矿产的主矿脉挖掘的，从中心隧道向外分散开来。汤姆从李那里借来一把折叠刀，撬出一小块矿石。这种矿石虽然结实坚固，却可以被切成小块儿，一点也不坚硬。

“尝尝！”李催促道。

汤姆、巴德和乔尝了尝，其口感十分柔软，吃起来与牛排很像，极为美味。

“我的天哪，这吃起来就像是高级牛肉！”乔大声说道。

他和两个男孩在艰苦跋涉后都早已饥肠辘辘，所以津津有味地吃起来。更神奇的是，这些食物还能解渴。

“真是美味佳肴啊！”汤姆吃完了最后一口说道，“棒极了！”

“我们也这么觉得。”李说道。

“一定非常有营养。”汤姆想了想说道，“而且还有精神疗效。”

“他们的话真让我伤心，不过真是美味！”乔赞同地说道，“你们知道吗？我的脚踝不疼了。”

这位老牛仔脱下靴子，解开花手帕，“我宣布！我的脚不肿了！”

汤姆惊奇地看着乔的脚踝。艰难跋涉时他疼痛不已，但现在脚已经消肿了！

汤姆又弄下一块橘红色的矿石，然后用口袋中的放大镜观察，发现它是蜂窝状结构。“这肯定是某种有机体！”他兴奋地说道。

“什么意思啊？”巴德问道。

“这是生命物质形成的，就像是煤炭或者石油！你还不知道这意味着什么吗？”汤姆兴奋地说道，“内斯特丽亚可能来自火星和木星中间的小行星带。这就证明了一个猜想：这些小行星是一个已经爆炸了的星球的残骸。”

“为什么？”巴德面带疑惑地问道。

“因为内斯特丽亚自身不能支持生命存活，但是行星能！如果我没错的话，巴德，或许有其他生命迹象——智能生命——仍然存在于这个星球或是其他星球的某些地方！”

听完汤姆的观点后，大家对此敬畏不已。“是谁第一个开采这个矿的呢？”巴德问道，“太空生物吗？”

汤姆耸了耸肩。“可能是。或者他们第一次降落在此的时候，发现了这个矿。”

“哇！”巴德惊呼道，“如果在他们来之前这个矿就已经被开采了，那就能证明一定有智能生物……”

他的话被洞口的一位工作人员的大声警告打断了。

“黑眼镜蛇的手下来了！”

这句话让这几个A国人反应过来他们尚在危险之中。汤姆下令关闭灯光，然后他们急忙跑回洞口。

在黑暗中，地球反射的光让他们能够看到那些人正沿着峡谷走动。他们并没有开枪，但毫无疑问的是，他们径直向洞口方向走来。

“我们该怎么办，机长？”李问道。

“这个隧道有多长？”

“这个地方是个迷宫。”李说道，“我们从来没走到过水平巷道的尽头，更别说主隧道了。”

汤姆马上决定要硬着头皮试一试。“来吧！后退！”他命令道。

其他人按着指示，开始往山洞深处走去。有人提议大家分散在迷宫一样的巷道里，这样至少保证有人能走出去或者不被抓。但是被汤姆否决了。

“我相信这就是一个天然的洞穴。”他解释道，“某个地方可能会有另外一个出口。”

他们用手电筒照着，迅速穿过曲折的中央控制室。在他们后方，传来呼喊声和冲锋枪的回声。

洞穴内的小路越来越窄，迫使人们紧挨着。汤姆担心这个是死胡同，如果这样的话，他和他的员工们就要被困在这儿了！

“嘿！有新鲜空气！”李突然喊道。

汤姆感到一阵清风拂面而来，心里怦怦直跳，说：“我们快到出口了！”

越往前走，空气越清新。没过一会儿，他们便松了一口气。向前看去，通道的尽头就是出口！大家弯着腰，一个接一个，从缝隙中爬了出去。

“大家都站住！”巴德大喊道，“我们到悬崖边了！”

当意识到身处峭壁边缘时，所有人都焦虑地喘起粗气。在手电筒的照射下，他们发现左边的山脊逐渐变宽，延伸进了一个宽阔的斜坡。

他们匆匆跑向安全的地方。刚到达山坡，就看到坡下有一些移动的光点——敌人的另一支搜寻队！

“他们会发现我们的！”巴德喃喃自语道。

汤姆拿出袖珍无线电装置。尽管希望渺茫，但也没别的办法了。“汤姆呼叫‘挑战者号’……汤姆呼叫‘挑战者号’……能收到吗？”

“收到，机长！持续发送信息，我们正在确认你们的信号位置。”

是汉克的声音！人们兴奋地窃窃私语。

现在就是在和时间赛跑！

汤姆一次又一次地重复呼叫，同时向着更高的地方爬去。

汉克的声音再一次传过来：“好了。放松点！我们找到你们了！”

这时，两队袭击者正从两个方向不断地向他们靠近。几秒后，“挑战者号”在夜空中腾空而起。敌人被飞船斥力装置旋转时形成的风刮倒了，纷纷向坡下滚去。

没过一会儿，飞船低低地盘旋着，放下了梯子。这些A国人爬上起落平台，拥挤着走过气闸室。

汤姆走进机舱内，接管了飞船的控制权限。不一会儿，“挑战者号”就飞离了山坡。

“这可真是险象环生！”年轻的科学家指着右舷一脸严肃地嘟囔道。

天边已泛起鱼肚白，只见一艘黑色宇宙飞船突然腾空而起，企图拦截他们。

黑色宇宙飞船朝“挑战者号”射击，火焰从导弹发射管喷涌而出。

第二十章 凯 旋

导弹朝着“挑战者号”呼啸而来，在空中留下火焰的痕迹。

汤姆迅速地做出反应，精准地控制着飞船，在紧要关头将“挑战者号”转移到安全地带！

一枚枚导弹呼啸地飞过，飞船在弹雨中左躲右闪。

“当心！”阿维德喊道，“又来了一枚！”

汤姆看见它的时候已经有些晚了。他将斥力装置旋转至恰当位置，发射出最大斥力光束。

迎面而来的导弹就像被施了魔法，降低了速度。突然，导弹就好像失去了所有的动力，向着小行星俯冲下去！

“吁！”巴德虚弱地喘着气说，“谢天谢地，没有一个导弹爆炸！”

“除非直接撞上，否则导弹是不会爆炸的。”汉克提醒他说，“别忘了，我们伟大的托马塞特隔离层会保护我们不被导弹感应器发现。”

很明显，黑色的宇宙飞船正在加装弹药。汤姆力求万全，加大“挑战者号”的油门，向小行星外飞去。

其间，阿维德一直注视着太空探测器，监视敌人的行动。“他在我们后面，机长！”

凭借着平稳连续的加速，“挑战者号”将追赶者远远地甩在后面，但黑色飞船没有放弃，一直追着他们。

“我敢说他们最后还留了一枚导弹，准备偷袭我们！”汉克低声说道。

“探测器上的画面变模糊了！”阿维德突然大喊道，“现在我们看不到了！”

几乎是同一时间，汤姆驾驶飞船向左侧转弯——使飞船兜了个大圈，从机舱窗门看到了后方的敌人。这样的驾驶策略令其他人惊讶不已。

“这是何用意啊，头儿？”乔兴奋地问道。

突然爆炸发生了，机舱内充斥着刺眼的光芒。

“黑色飞船解体了！”巴德大声喊道。

那光芒十分刺眼，汤姆和他的朋友们都遮住了眼睛。幸好有石英大玻璃保护着他们。

过了一会儿，光芒黯淡了些，人们能够直视那团白光了。爆炸把燃烧着的碎片向外抛去，形成漫天火雨，落在小行星上。

“我的老天！”阿维德几乎要窒息了，“这可真壮观！”

其他人满心敬畏，沉默不语。

“你早料到会发生爆炸了吗，机长？”汉克问道。

汤姆耸耸肩。“我只是觉得可能会这样。”他说道，“我猜黑眼镜蛇最后一定会全力加强辐射屏障的强度，希望能困住我们。正像最终结果一样，他来不及驱散屏障——也没意识到我们已经进入了反物质粒子区域中。”

“这就是为什么探测器上的显示消失了，也是你为什么转弯的原因，对吗？”阿维德问道。

汤姆点点头说：“这样真的很糟糕，但是我得回去弄清楚发生了什么。”

汤姆使用对讲机向其他机组成员报告了黑眼镜蛇飞机炸毁的事实。听到敌人已经被打败了，有些人欢呼雀跃，但大部分人心存敬畏地小声嘟囔着。

此时，这位年轻的科学家返回小行星，去扫荡黑眼镜蛇的残余势力。为了让船员们从刚才的事件中转移注意力，汤姆询问汉克在他、巴德和乔三人去侦查前哨站时“挑战者号”去哪了。

汉克解释说，当时敌人的一架小型侦察机发现了飞船，他们怕遭到袭击，所以被迫起飞。“我们一直在换地方，寻找你们的下落。”他补充道。

汤姆狡黠地笑道：“我们大部分时间都在东躲西藏。”

汤姆驾驶飞船先飞向内斯特丽亚的北极，又飞到南极，去查看制造空气的机器。但是哪边都没有发现敌人的守卫。汤姆不知道黑眼镜蛇是否知道这些机器是怎么运转的。

接着，他打开扩音器，然后开始一边慢慢地绕着内斯特丽亚飞行，一边大声向幸存的敌人发出警告。

“这里是汤姆·斯威夫特对黑眼镜蛇的人喊话。”他的声音低沉洪亮，“你们一定看到了刚才的爆炸，那是你们的太空飞船解体了。你们现在已经孤立无援。立刻到前哨站报到，缴枪投降！否则的话，我们会用斥力装置来摧毁制造空气的机器，在真空的状态下你们就都活不了了！”

不到一小时，还活着的太空海盗根据汤姆的指示，在前哨站总部前放下武器，双手举过头顶。

汉克、巴德和其他几位机组人员下了飞船，没收了这些武器，将他们的手绑上，带他们向飞船走去。看到自己同伴的下场，海盗们各个脸色苍白，失魂落魄，没有人反抗。他们担心着自己的安全，毕竟他们是在离地球如此远的小行星上。

汤姆审问了其中几个人，询问他们黑眼镜蛇的行踪。大多数人都确信他在那架已经爆炸的黑色宇宙飞船上，其他人无法确定他是否带领了突击队。但是大家都承认的一点是——黑眼镜蛇的项目是由某个敌视A国的国家赞助和协助的。

“怎么处理这些人？”巴德问道。

“希望惩罚不止一种。”汤姆说道，“不管怎么样，我们得把他们移交给调查局。”

汤姆用无线电向地球做了详尽的汇报后，便离开飞船，到小行星矿山采集了一些奇异的食品矿物，又处理了黑眼镜蛇控制反物质屏障的秘密设备——两名俘虏告诉了汤姆该设备的位置。当他们找到的时候，汤姆把设备开到最大功率，让其长时间运行，以便让那些反物质粒子消散在外太空中。

为保证A国对内斯特丽亚的管辖权，他们将一队志愿者留在小行星上。之后驾驶“挑战者号”向地球飞去。

当飞船在费林岛着陆时，看到发射区的场面，汤姆抱怨不休。军乐队、政府官员们、海陆空部队高级将领们，还有一排排电视媒体和新闻记者带着他们的照相机，在列队欢迎他们凯旋。

“发牢骚是没用的，机长。”阿维德咯咯地笑着说道，“你被包围了！”

汤姆只得就发生在内斯特丽亚上的事情发表了演讲。然后一位总统代表走上前来，为这位年轻的科学家戴上了一枚勋章，旨在奖励那些“为保卫国家和自由做出特殊贡献”的人们。

最后，这些不情愿当英雄的英雄们被他们的家人和朋友包围了。斯威夫特夫人、桑迪、菲利斯和牛顿夫人，每个人都亲了亲这两个男孩；斯威夫特先生和奈德·牛顿热情地和他们握手；哈伦·艾姆斯也过来祝贺。

在回肖普顿的途中，艾姆斯报告说黑眼镜蛇的基地已被N国政府攻占，解除了武装。在所有被抓的人员中有两位叛变的科学家——弗尔南多·泽布斯基和阿基默德·拉吉。该信息是从敌人的基地传来的，而且已经通知了A国。结局就是，那里的黑眼镜蛇的手下们已全部被抓获。

“其中包括那个在W城破坏你飞机的人。”艾姆斯说道，“还有那些假冒的医院安保。”

“顺便说一句，儿子。”老汤姆说道，“你应该很开心听到约翰·津正在康复中。”

艾姆斯补充道：“情报局彻底地调查了他。虽然他们不愿告诉我们太多，但很明显的是，津属于一个难民反抗组织，该组织旨在反抗独裁统治。他打进黑眼镜蛇组织是因为黑眼镜蛇想要独裁统治他们的国家。津的组织是提倡民主的，他们意识到眼镜蛇将会威胁到整个自由世界。”

“的确如此——直到天才少年拔掉了他的毒牙！”巴德说道。

汤姆和巴德动身去肖普顿医院。津微笑着坐在床上，和两个男孩亲切友好地握了握手。

“听到你在内斯特丽亚取得胜利，我真开心！”

“看到你身体逐渐好起来，我们也很开心。”汤姆真诚地说道，“谢谢你冒着生命危险来提醒我们。我希望，”他笑着补充道说，“你也能向你那位泛太进口公司的朋友传达一下我们的谢意。”

“啊呀，我从来没有听过这个公司。不管怎么说，我出院后要尽快飞去B国。但是，”——津愉快地眨着眼睛——“或许我能够找到方法来转达你的口信。”

“我敢说他肯定会转达的！”巴德和汤姆离开医院后对着汤姆说道，“下一个项目是什么呢，天才少年？”

坐上巴德的敞篷跑车之前，汤姆打了一个哈欠，疲倦地伸了一个懒腰，说：“嗯，我现在就想昏睡一天，然后我很想研究一下从内斯特丽亚带回来的食品矿。”

“再然后呢？”

汤姆咧着嘴笑了，做梦也没想到下一次的冒险之旅开启时，他正在丛林之中。

巴德也打了一个哈欠说：“这次太空飞行简直让人分不清昼夜。希望太阳一个星期都别动，先让我适应一下！”